U0023651

思想觀念的帶動者
文化現象的觀察者
本土經驗的整理者
生命故事的關懷者

{ PsychoAlchemy }

啟程，踏上屬於自己的英雄之旅
外在風景的迷離，內在視野的印記
回眸之間，哲學與心理學迎面碰撞
一次自我與心靈的深層交鋒

The Cat
A Tale of Feminine Redemption

公主變成貓
從榮格觀點探索童話世界
【馮‧法蘭茲談童話系列】

瑪麗-路薏絲‧馮‧法蘭茲（Marie-Louise von Franz）——著

吳菲菲——譯

｜推薦序｜ **永恆王子的貓女伴／陳俊霖** ⋯⋯⋯⋯⋯ 007

前言 ⋯⋯⋯⋯⋯ 011

｜第一章｜ **緒言** ⋯⋯⋯⋯⋯ 013

｜第二章｜ **貓的故事** ⋯⋯⋯⋯⋯ 021

｜第三章｜ **航向聖母瑪利亞** ⋯⋯⋯⋯⋯ 049

｜第四章｜ **神話中的貓** ⋯⋯⋯⋯⋯ 079

｜第五章｜ **眾王國** ⋯⋯⋯⋯⋯ 093

｜第六章｜ **貓宮** ⋯⋯⋯⋯⋯ 117

｜第七章｜ **返回** ⋯⋯⋯⋯⋯ 143

｜附錄一｜ **延伸閱讀** ⋯⋯⋯⋯⋯ 169

｜附錄二｜ **中英譯詞對照表** ⋯⋯⋯⋯⋯ 171

｜附錄三｜ **英中譯詞對照表** ⋯⋯⋯⋯⋯ 175

永恆王子的貓女伴

陳俊霖
亞東紀念醫院精神科心理健康中心主任
臺灣榮格發展小組成員
臺灣心理治療學會常務理事

　　很久很久以前，在羅馬尼亞傳說著一則童話，一位很久未能生育的皇后出航，卻因偷吃蘋果而褻瀆神規，害得所孕育的女兒受到詛咒，長到十七歲後變成一隻貓。另一國的老國王則派三個兒子尋找珍寶和嬌妻以決定王位的傳承，最憨直的小王子遇上貓公主，在貓女的神奇決策下度過難關，兩人的愛與合作終讓貓女回復人形。當老國王背德地覬覦貓女媳婦的姿色，王子名正言順地興師革了父親的命，從此兩人過著幸福快樂的日子。其中雖不免諸多違反現實邏輯的情節，卻仍能讓一則則的童話流傳許久。

　　不那麼久的從前，在瑞士的湖光山色中，有一位精神科醫師榮格（Carl G. Jung），學得當時最先進的精神醫學知識，卻在獲得頂尖專業成就之時，辭去學術寶殿蘇黎世大學的教職，離開臨床聖堂伯格霍茲里（Burghölzli）精神專科醫院的要位，

又與探索心靈的巨擘佛洛伊德（Sigmund Freud）息交，1919年後投入對自己內在心靈的探索之旅，1928年得到友人衛禮賢（Richard Wilhelm）從遙遠的中國轉譯為德文的《太乙金華宗旨》並為之寫序後，有如證印所悟，自此全然地投入開創分析心理學的大業。猶如神話般高潮迭起，讀榮格的一生總讚歎他在浮沉後的深邃。

這之後1933年的某一天，一位18歲，出生於慕尼黑，從解體的奧匈帝國歸於奧地利籍，而後遷居瑞士的少女瑪麗-路薏絲‧馮‧法蘭茲（Marie-Louise von Franz），修習校外見習時，在榮格神祕的城堡「塔樓」中，遇到了時年58歲的大師，從此迷上了分析心理學。進入大學後，她熱切地用主修的古希臘文和古拉丁文能力，幫榮格翻譯古代典籍，換得榮格為她進行分析，也從此讓她走進無意識的深沉世界，長年在榮格身旁鑽研分析心理學。如果更換一下人物角色和內容元素的話，這跟武俠小說裡得習神功的奇妙境遇簡直也可以套疊了。

之後馮‧法蘭茲取得瑞士國籍，並獲古典語言學博士學位，更在榮格分析心理學開枝散葉之後，成為以蘇黎世為中心的古典學派的代表人物。其中最經典的成就，除了對榮格既有的理論續予詮釋之外，更轉而把榮格原本在神話領域的集體無意識分析，以童話為材料，發展出更豐富的分析思路。尤其在她結構明確的文筆下，讀者容易循著故事的進展一路聯想，故事中不孕、航行、瀆神到懷孕各情節象徵什麼；貓象徵什麼；老國王和小王子又各象徵什麼；更推而回應歐洲基督文化這個

老國王，在面對社會對新靈性探索的過程中面臨的困境。透過
「擴大法」和「比較法」，馮‧法蘭茲有條有理地讓讀者看到
童話背後的絃外之音，而此音更呼應到跨民族、跨文化集體無
意識的基調和絃中。君不見貓與女性融合在一起的意象，本就
多次見於各種故事與創作中，在馮‧法蘭茲的分析下，貓女成
為催化陽性特質完成個體化歷程重要的阿尼瑪催化劑。在本書
中，固然談到貓公主讓小王子一再轉化，終至在事業上有如弒
父般成為國王；另一方面，若以貓公主為主體，則可以看到另
一條脈絡的轉化，讓她從受詛咒遁回野性，經歷考驗，而重新
回復人形，乃至晉位成后。童話與神話中的兩面互補，陰陽相
成，總能讓分析的角度越來越豐富。

　　回到現實世界，榮格去世後，馮‧法蘭茲理所當然地成
為「蘇黎世榮格研究院」（C. G. Jung Institute Zurich）重要的
講師之一，對鍊金術（alchemy）、永恆少年（puer aeternus）
等主題都極有貢獻。或許由於她長年跟隨在榮格旁的薰習，當
蘇黎世榮格圈開始考慮引進其他分析觀念時，反而令她覺得極
難接受，在1980年代，堅決以罷教表達她的立場，並成為之後
在1994年自舊學院分裂而出的「深度心理學研究與培訓中心」
（Research and Training Center in Depth Psychology）的重要領導
人物。這由該中心的副標題：「跟隨卡爾‧榮格和瑪麗-路薏
絲‧馮‧法蘭茲」可見一斑。或許該說，每個人的心裡也都同
時有著一部分陽性的慢慢長成英雄的小王子，和一部分陰性的
暗中調弄催化的貓女，於是我們對王子和貓女的想像也就既不

會停止，又與時俱進。

　　馮‧法蘭茲晚年罹患帕金森氏症，行動上多所不便，但她擔心若使用藥物控制，將會干擾到她所珍視的無意識的運行，因而拒絕藥物治療。1998年辭世，結束了屬於她的這一段傳奇。

前言

時下的童話故事研究採用了許多不同角度：文學史、民間故事、民族學、社會學、以及最後但同樣重要的深層心理學。本書採用的是深層心理學的角度，目的在教人們如何認出原型事件，以及如何站在榮格心理學的立場來處理這類事件。

我要感謝艾莉森・開伯斯（Alison Kappes）女士幫我把研討會錄音帶打印成原始謄本。最重要的，我要向薇薇安・麥克羅（Vivienne Mackrell）醫師致以最誠摯的感謝；沒有她的幫助，這本書是不可能完成的，因為她不僅在校訂上，也在許多別的事情上協助了我。

瑪麗-路薏絲・馮・法蘭茲[*]

---

*譯註：本書作者Marie-Louise von Franz的先人是德國貴族，其姓氏中的von是用來表徵貴族身分的功能用詞。1919年成立的威瑪共和國（1919-1933）廢除了貴族制度，但仍允許貴族後代在姓氏中保留這用詞。因此嚴格說來，本書作者姓名的中譯形式應是瑪麗-路薏絲・馮法蘭茲。常見翻譯「瑪麗-路薏絲・馮・法蘭茲」易讓人誤解「馮」字為一般西方人名字常有的中間名（middle name），但為了與已出版之同系列書保持一致，本書仍沿用舊的譯法。

緒言

因此，對於這類故事，我們尤其不可把自己的心
理和經驗投射到它們上面，卻務必要像觀察魚類
或樹木的自然科學家，盡可能保持客觀。

你可以讀遍心理學，但之後你只必須以一件事為
重：故事的蘊意是什麼？在我的想法外，它還說
了什麼？這是我們必須練習和學習的重要功課。

在從事心理分析時，你會發現案主常經歷意義重大的原型夢境、卻不知其重要性。從這種夢境醒來的人有時會深受撼動而無法用語言描述它；他感覺到、也知道某個根本變化發生了，因為具有轉化力的情感一舉向他湧現了出來。但在其他時候，人們會用十分輕率的口吻述說那些具有重要原型母題（archetypal motif）的夢，絲毫不知這些夢有何不尋常的地方。他們唯一的反應或許就是感到有點不解，但並未感到震撼；他們會笑笑地說：「我昨晚做了個怪夢，跟我知道的任何事情都沒有關聯。」

在這種情況下，如果你不知道那是原型夢境，如果你未察覺它的深層意義，你就會錯過一個重要時機，因為──如榮格指出的──原型經驗是療程中唯一的療癒要素。分析過程所運用的一切技巧，都是為了要幫助案主領悟並迎向原型經驗。但原型經驗只會來自無意識本身，是我們無從迫使發生的恩典。我們只能等待並做好準備，然後希望它發生，但如果它不發生，你也莫可奈何。藉由好的輔導或其他協助，你會看到外在生命的狀況或許得到些改善，但它未必能得到真正的治療、真正的幫助。有時，重要的原型經驗雖然發生了，卻沒被人察覺到，例如，有人會帶著奇怪笑容說起一個捉摸不定的小夢，當你問他聯想到什麼的時候，他若不是答說「沒有！」，就是跟你說起一件他早已知道的事。做為分析師的你一定要特別留意這類狀況。

我們不難發現，許多分析師都沒學會如何誘使案主說出正

確的聯想。許多案主急於得到詮釋，而不說出他們聯想到什麼。他們做了一個夢，然後開口說「喔，那是負面母親又找上我」一類的話。你必須聽而不聞，因為那想法是透過意識表達出來的，有可能正確，但不正確的可能性會高達百分之九十五。一般來說，那是意識的自衛姿態：「喔，我非常明白這是怎麼一回事！」然後夢就被丟進了垃圾桶。因此你必須說：「不，不，且等一下！且盯著它看！不管你在夢裡看到什麼，它讓你聯想到什麼？」你會發現，就原型夢境而言，如果做夢者並未極度感到驚動，他們一般都不會聯想到什麼，要不然也僅只聯想到尋常或了無意義的事。例如，當你問他們對「火」有何聯想時，他們若僅僅答說「燃燒」、「我目睹過的一場火災」或其他無謂之事，這就表明原型經驗並沒有出現。在這種情況下，你必須察知正在發生之事所具有的深層意義和情感重量，然後用某種形式將之轉釋出來。

因此，在療程中用神話聯想來灌輸病人是無益的。你本人有必要認出這些聯想，但不可像機關槍一樣把它們密集掃射到病人身上。你自己必須認出它們，以便感到驚奇、顫慄和撼動，那樣你才會知道藉什麼適當語言或適當情境來表達你的感受。但這只會發生於剎那之間；你不可能事先得知這個剎那何時會出現，但你能學會如何面對原型事件、如何認出它們及它們的深層意義，以便做好準備而能適時反應。這就是我們必須多練習童話詮釋方法的理由。

比起以常人為男女主角的地方英雄傳奇（local saga），童

話故事較難詮釋多了。在英雄傳奇中，一個男人在夜晚去到一座損毀的城堡，突然間一條戴著王冠的蛇向他現身並索吻，然後蛇就變成了美麗的少女。經歷這事的男人是個跟你我一樣的平常人。故事敘述他的反應，例如：他不想親吻那令人作噁的冷血動物，一邊怕得發抖，一邊又懷著「啊，這東西畢竟很可憐」的感覺。故事描述了他這時的所有人性反應。

研究英雄傳奇的學者麥克斯・呂提（Max Lüthi）曾著書討論童話故事和英雄傳奇的差異，對它們做出很清楚的劃分[1]。一個具有意識的人經歷到無意識靈啟經驗（numinous experience）的故事可以說就是英雄傳奇，而靈啟經驗——遇見戴著金色王冠的蛇——會被描述得栩栩如真，因為一切神話都會把神祇、鬼魂和魔鬼描述得跟我們一樣真實。一個閾限時刻——自我碰到了嚇人、不尋常、緊張和充滿戲劇張力的某種狀況——總會出現在故事中，然後再出現快樂的結局，或失敗和危險的威脅，致使英雄必須逃回家中。

我們可以說，這些英雄傳奇仍與今日所發生的某些事情十分相似。在未開化社會和農業社會中，人們仍會經歷靈啟經驗。但在所謂的文明生活裡，我們用電燈驅趕了黑夜，並自認是經過「光啟」的文明人，身心都受到保護而不會再受到這類事情的侵犯。但一旦你住到鄉下並在黑夜中長途步行回家，樹木發出窸窸窣窣的聲音，四周一片漆黑，你又多喝了一兩杯，這時候，那類事情依然有可能發生，而且還會照著往昔的方式發生！英雄傳奇中與無意識相遇的經歷會被描述得栩栩如

真，原因就在於此。如果這些經歷夠緊張和有趣，人們就會再三講述它們：「從前我們村裡有個人，他在夜晚往那傾頹的磨坊走過去；走近時，他發現裡面有燈火和聲響，於是走了進去……。」

相反的，照呂提的說法，童話故事是抽象概念，其中並沒有人之自我遇見無意識世界的情節。從某個角度來看，童話故事可說是想像出來的故事，在其中彼此互動的是想像中的神靈或無意識內的原型意象。英雄傳奇卻一定含有意識（也就是世界之光）這元素，以及一個去到某處遇見一個或多個原型的英雄。英雄傳奇總會提到閾限的跨越，有時也提到跨越後又因恐懼而逃回的情事。

童話故事則必有一個敘述者（一個意識我），在那講述原型在無意識中互動共舞的情景。然而，童話故事的主角並不是一個具有人性反應的常人；他遇到惡龍不會感到驚怕，遇到開口對他說話的蛇也不會逃跑。當公主在夜晚出現在他床邊並折磨他（或發生其他任何事情）的時候，他也絕不會緊張萬狀。他若非聰明絕頂，就是笨得可以。在很大程度上，他是一個心理基模（schema），代表勇敢、機智、靈敏以及其他類似的特性。他在故事中無時不有作為，以便將他所象徵的特性精彩呈現出來：如果他很勇敢，他會跟任何東西作戰；如果他很機智，他會巧妙利用任何狀況。可以說，他絲毫不具有感情和思想，只是個基模式的角色。如果我們仔細觀察，我們會發現他純粹是個原型人物。

故事中唯一的意識我是故事敘述者。他有時出現在故事之始，有時在故事之末，但未必出現在所有故事中。在有些國家（如羅馬尼亞），說故事的人會以「我曾經……」或「在時間和空間都消失的世界末日，當木板凌亂散落在那七座山丘及那瞎狗背後的世界時，曾經有個國王……」等等傳統形式做開場白[2]。敘述者會在每個故事開始前吟誦「在世界末日、當木板遍布世界時……」這類小詩，做為一種「進場儀式」（rite d'entrée），也會在故事結束時進行某種「退場儀式」（rite de sortie），例如「我在婚禮上，我在廚房裡，我偷了一些肉和酒，廚師狠狠踢了我一腳，因此我逃到這裡來向你們說了剛才的故事。」或者——另舉一例——吉普賽人會說「有個美麗的婚禮在那兒舉行，大家快樂地大吃大喝，但我這可憐蟲卻沒有東西可以吃」，然後拿起帽子向圍觀者收錢，以之做為一種退場儀式。故事敘述者在最初告訴大家「我們現在要進入另一個世界了」，然後在結尾處通常用稍開玩笑的口吻把退場時刻說出來。在進場和退場之間，我們聽到發生於另一個世界的事情。因此，對於這類故事，我們尤其不可把自己的心理和經驗投射到它們上面，卻必須像觀察魚類或樹木的自然科學家，盡可能保持客觀。

　　對於一向容易誤把自己的想法投射到案主夢境的分析師來講，學會這麼做是非常必要的。當一個看來非常陰柔、還跟媽媽住在一起的未婚年輕男子走進來的時候，如果你立刻下結論說「喔，他是個媽寶」，那就是危險投射的例子。如果他後來

做了一個被巨蛇吞吃的夢而你隨即認為「他有母親情結」，那麼這根本稱不上是詮釋，因為實際上你只把你的想法投射到無意識意象而已。如果你有很好的直覺，這想法可能會很正確，但你採取的步驟卻很危險，因為無意識或無意識的療癒過程從來不會以直線方式運作，反而向來都採取了最不可思議的繞路方式。

　　你或許認為：「這人必須跟他母親保持距離。」但隨後他做了一長串夢，促使他願意改善母子關係。這時你必須夠機敏、夠客觀，好讓自己願意說：「這很奇特，一點也不合我的想法，但這是無意識所導往的方向，就讓我們跟著前往吧。」只有在你不投射自己的想法時，你才能做到這一點。但無意識最終還是巧妙地轉了個大彎，使你發現它原來一路都是朝著年輕人與母親保持距離的方向走來。它繞了一大圈路，是你不曾意料到的，也是你絕不可能聰明到可自行設計出來的。這就是你必須客觀、不立下結論的理由，而童話故事就是最能讓你學習這功課的所在。你可以讀遍論心理學的文章，但之後你必須只以一件事為重：故事的蘊意是什麼？在我的想法外，它還說了什麼？這是我們必須練習和學習的重要功課。

　　我以前有個被負面母親情結所擾的病人。他做了許多夢，經常陷於沮喪和負面的情緒裡。他實際上不是那樣的人，但只要阿尼瑪一出現，他總是充滿了悲觀情緒。他會準時來到治療室並拉長著臉說：「無意識又對我發出批評。」我會回答：「啊，讓我們聽聽它怎麼講。」然後他會描述一個富含意義的

夢，但其中也含有一些負面母題。他挑出那些負面母題，說：「你看，它又責備我一無成就、沒有方向、走在錯誤的人生軌道上……。」我總必須支開他的話題，對他說：「來，讓我們從頭開始，讓我們用客觀角度來看看它。在你還沒好好看它一眼前，千萬不要讓你可怕的黑色阿尼瑪又把她的黑色顏料傾倒在它上面。」

因此，甚至連病人都可能想利用你的想法來誘你去扭曲原型材料。當然，所謂的客觀最終也可能只是近似客觀。我們必然會把我們的人格投射到童話故事上，只看得到那些吸引我們的事物，而忽略那些我們習性所不願容納的，因此甚至連所謂的客觀都非全然客觀。但我們至少可試朝一個方向走去：盡可能避用十分粗糙的投射方式。

註釋

1 Max Lüthi, *Volksmärchen und Volkssagen*, 2nd edition (Bern: Francke, 1966）.
2 譯註：羅馬古城建立在七座山丘上，被稱為七山之城（City of Seven Hills〔Mountains〕）。描述世界末日的新約聖經《啟示錄》將羅馬比喻為一個敗德淫亂的女子，迷惑及掌控了世界諸王（七座山丘為其比喻）。瞎狗之典故可能與舊約聖經《以賽亞書》五十六章第十節有關：「我的守望者都是瞎眼的，都沒有知識；他們都是啞巴狗，不能吠；只會作夢、躺臥，貪愛睡覺。」（His watchmen are blind: they are all ignorant, they are all dumb dogs, they cannot bark; sleeping, lying down, loving to slumber. 此段經文分別引自中文聖經繁體新譯本及 King James 版英譯聖經）。先知以賽亞指責以色列人的眾領袖正盲目將以色列人帶往滅亡之路。

貓的故事

女性酒鬼的問題多與男人有關，但男性酒鬼則多
與他們的阿尼瑪有關。他們跟自己的愛欲失和、
跟陰性本質失和；他們的阿尼瑪有某些部分無法
發揮正常功能。

一般來講，任何溺癮都可說是一種對宗教狂喜經
驗的渴望。正由於生活太令人沮喪、太無聊、太
沉悶，工作沒有意義，家庭生活冷冰冰而無感
情，人會就此對某種狂喜興奮生出無比渴望。

我在這裡選擇了羅馬尼亞的故事〈貓〉[1]，希望讓你多少了解：當我們客觀注視原型母題時，我們能從它們那裡對個人心理獲得什麼樣的了解。

從前有個皇帝，他有很多、很多錢，多到他不知道該怎麼花，但他卻因為沒有孩子而覺得不快樂。因此他對妻子說：「親愛的妻子，你知道我們為什麼不快樂。」她答道：「親愛的丈夫，讓我獨處一下，我想乘著馬車到外面走一走。」他說：「等等，我要為你建造一艘船。」於是他下令建造了一艘世上最美麗的船——人們寧可直視太陽，也不願直視這船，以免眼睛被它的美麗給刺瞎了。在船可以下水的那天，他對妻子說：「親愛的，船已經可以使用了，你明天就啟程吧。」但他接著說：「如果你回來時沒有懷孕，就不可再留在我身邊，也不可再出現在我面前。」

於是她乘著船啟程了，只帶著兩個侍女跟她一起航向漫漫長路，在長達兩個月的航程中不曾遇到任何人。有一天，濃霧繼一場撼動船隻的暴風雨後席捲而至。隔天早上，在濃霧和暴風雨都消失得無影無蹤後，醒來的皇后發現，有座巨大的宮殿正升起於遠方的海面上。皇后向走上甲板的兩個侍女指著那巨大建築物：「看那個大宮殿！」

由於船上已經沒有多少食物，她們於是把船停在宮殿旁，從宮殿中隨即走出了兩個僕人。皇后問他們：「誰住在這兒？」他們說是上帝的母親。一聽到這，皇后的兩個侍女就不敢踏進宮殿的庭院。

　　皇后只好單獨走進去，然後看到一株長著金蘋果的蘋果樹。她突然很想摘顆蘋果吃，於是對兩個侍女說：「如果妳們不幫我偷摘一顆這樹上的蘋果，我會餓死的。」侍女試圖靠近蘋果樹，但樹的守衛不讓她們靠近，皇后因此病得奄奄一息。等到守衛睡著後，兩個侍女迅速走到蘋果樹旁偷了一顆蘋果，然後飛奔拿去給皇后吃。喏，你看，在皇后狼吞虎嚥吃下蘋果後，她開始嘔吐起來，並突然覺得自己似乎已經懷了六個月的身孕。她喜出望外地說：「我們立刻回家吧，因為現在我最深的願望已經實現了。」但上帝的母親正好在那時起床，並發現樹上最美麗的那顆蘋果不見了。她問：「是誰從我的樹上偷摘了一顆蘋果？」接著她發出詛咒：「如果由這顆蘋果生出的是一個女兒，她將會跟太陽一樣美麗；人們盯著太陽不會變瞎，但他們將無法凝視她。她在十七歲時將會變成一頭貓──上帝必會讓這事成真的！她和她宮裡所有的人都會受到詛咒，直到某個皇子前來割掉這貓的頭。也只有在那時候，所有的人才能回復人形。在那之前，少女必須一直是一頭貓。」

當懷孕的皇后返家時，她的丈夫高興極了。在生產之日，她生了一個十分美麗的小女孩，美得讓眾人都欣喜若狂。你可以注視太陽而不變瞎，但你如果注視這少女，她的美麗會刺瞎你的雙眼。她一天內的成長速度就等於正常小孩一年的成長速度。時間飛逝，一轉眼她十七歲了。有一天，當她正和父親吃午餐時，她突然變成了貓，並和宮內所有的僕人一起消失了。

　　然後，遠方有個國家，它的皇帝有三個兒子。死了妻子的皇帝早就開始酗酒。由於想打發走自己的兒子，他把他們都叫到跟前，對他們說：「我命令你們完成幾樣事情。你們當中誰有能力，誰就得為我找到一塊細亞麻布，細薄到可讓人把一口空氣吹透過去並把它穿過針眼。你們每個人都得給我帶回一樣禮物，好讓我看看誰是最偉大的英雄。」於是三個兒子就照父親的意願出發了。他們首先去到森林中的一座大城堡，在那裡歡慶一番來紀念離家遠行，因為這是他們相聚的最後一天。他們慶祝了三天三夜，然後就彼此分道揚鑣了。

　　老大選擇了一條會使他挨餓的路，因為一路上都將不會有可吃的食物。他的馬是他唯一的伴侶，而他一路上僅遇見一頭美麗的小狗。他離開了兩個月。

　　老二選擇了一條讓他有食物可吃的路，但他的馬將沒東西可以吃。騎行了兩個月後，他只找到一小塊粗亞麻

布，粗到必須在針眼中被來回拉上一千次，才可能穿過針眼。

　　老三穿越了一座黑暗的大森林。當他穿越一半時，大雨傾盆而下，雨勢大到讓他看不見自己的手指。「老天啊，我會死在這裡，我真不知哪個方向可以讓我逃出這一切。」大雨不停地下了三天三夜，四周盡是一片漆黑。然後，你瞧，一道閃電在第三天早晨霹靂而下！就在光亮的閃電中，他發現眼前竟然有座宮殿。「啊，上帝，我萬分感謝你！我這一路上從沒遇到半個人，也沒遇到任何一個可讓我棲身避雨的房子。我已經走不動了，現在我無論如何要立刻走進那宮殿，不管在那會碰到什麼。」但那宮殿的門緊閉著，宮殿四周的高牆也高至雲霄。他在孤獨無助中說：「我就要餓死了。」但沒人聽見他說話。當他抬眼往門望去時，他大吃了一驚，因為門上懸掛了一塊肉。他想：「我一定要拿到那塊肉，我餓昏了，我已經一個月沒吃東西了。」但那塊肉實際上根本不是肉，而是用寶石做成的肉形東西。年輕英雄使盡一切力氣想爬上牆。一番辛苦努力後，他終於爬到了牆頂，一隻腳緊緊被他心目中的那塊肉勾住而無法解開。

　　但就在他稍微從驚嚇中回神時，他聽見一聲鐘響，隨後在恐懼中跌落到地面上。他一掉到地面，門就開了，但他沒看到什麼人，只看到一隻開門的手。他邊走入庭院，

邊說：「不管會發生什麼事，我現在就是要進去！」但無論怎麼左顧右盼，他就是看不到半個人。他走進宮殿，看到一個房間裡有張桌子、一根蠟燭和一張床。他說：「啊，我要進去那裡休息一下，因為我全身都被大雨淋濕了。」正當他打算坐在床上時，十隻手伸出來抓住他的身體，然後痛毆他並扯掉他身上所有的衣服。他不知道這些手是從哪裡冒出來的，也沒有看到任何人，只看到手。在絕望中，他大叫：「啊，上帝，誰在這麼使勁打我？」啪！就在他全身衣服都被扯光之際，每隻手都停了下來，不再打他，然後他突然看到一盤食物和一疊衣物擺在他面前。餓壞的他撲向食物，狼吞虎嚥到他感覺飽了為止。

現在他感覺好多了，也忘了之前的挨揍。第二天他走進另一個房間，希望避開他所害怕的痛毆，但前日所發生的事又照樣發生了一次。手又出現了，再度把他身上的衣服扯下來，然後他也再一次獲得食物和新衣服。第三天，皇后命令她的一頭貓把年輕英雄帶到處處飾金的謁見廳，廳內所有東西都是用純金打造的。十隻手又出現了，這次為他拿來純金做成的王袍。它們把王袍套在年輕英雄的身上並帶他走進謁見廳。走進時，他這才看到廳內有一百頭唱歌和彈奏著美妙音樂的貓。之後他被帶去坐到純金打造的王座上。當他正對自己說「不知誰是這裡的統治者」

時，他發現自己面前有一頭躺在金色籃子裡的美麗小貓。

貓國女皇盡情款待年輕的英雄。近午夜時，當宴饗正要結束之際，她從籃子起身說：「我從此不再是你們的女主人，這年輕人將是你們的主人。」貓們全向他走過來，親吻他的手，並大喊：「主人萬歲！」舞會結束了，大家都回家了，貓國女皇拉起年輕英雄的手，擁抱他，並把他帶到她的臥房，在那問他：「親愛的英雄，你為什麼會來到我的皇宮？」他答道：「親愛的貓，上帝把人帶領到不同的道路上。我父親派我尋找細亞麻布，**細薄到讓人可把一口空氣吹透過去，也可讓人把它穿過針眼**。這就是我上路尋找的東西。」

他的兩個哥哥已經回家了。他們三人曾發誓要出外一年並互相等候，但兩個哥哥在弟弟久久不出現後就回家了。老大帶回了他在路上遇到的那頭小狗，他父親為此覺得很開心。

老二帶回一塊可以穿過大針眼的粗麻布。當父親問他可知弟弟的行蹤時，他答道：「父親，自從我們分手後，我就再也沒有看到他；他很可能選擇了一條不歸路。」他父親因此認為小兒子已經死了，便痛哭了起來。

事實上，最小的弟弟仍跟貓女皇同住在一起。有一天，她問：「親愛的，你不想回家嗎？你跟你哥哥們約定碰頭的日子已經過了。」「不，不，我不要回去。我回

家能做什麼？我在那早就沒什麼可留戀的東西了，這裡是我的家，我要留在這裡，直到我死。」貓說：「不行，你不可以。如果你想留在這裡，你就必須先回家，帶回你對你父親允諾的東西。」年輕英雄問：「但我能在哪裡找到這種用細線織成的細亞麻布？」貓告訴他不用擔心，而且那是他最不用擔心的事情，因此他不用想太多。英雄問：「告訴我，親愛的貓，跟你相處的三天等於別地方的一年，是真的嗎？」「是的，甚至更久；你離家已經九年了。」年輕英雄無法相信自己的耳朵，驚愕地問：「怎可能，我離開兩個哥哥已經九年了？而且，如果要花九年時間才能回家，我又為什麼要回去？」貓對他說：「把牆上掛著的那條鞭子──那條火鞭──拿給我！」她拿著鞭子，朝三個方向揮打，喏，一輛四輪閃電馬車隨即出現了！

　　他們上了馬車，然後在英雄朝三個方向揮鞭後，有個喊聲命令馬車下降，馬車立刻就從天空降下。貓問英雄：「你準備好了嗎？」他答：「我準備好了。」「那麼，把這顆堅果帶回家，但在你到家之前不要打開它。你只能在你父親面前把它敲開，然後把他要的細亞麻布給他。」

　　當冒著火光的馬車從天而降的時候，他的哥哥和父親都嚇壞了，還以為最後審判日已經降臨這世界。他又見到了他父親和那兩個因他回來而悶悶不樂的哥哥。他父

親問他：「兒子，你有沒有帶回我要的東西？」「有的，父親，我帶來了。」在說話之際，他就敲開了堅果——看哪，堅果內有粒玉米！ 但當他剝開玉米粒並發現裡面是顆麥粒時，他開始動怒起來，認為貓可恥地背叛了他。他大聲說：「那貓該下地獄，她欺騙了我！」這話才出口，他便覺得有貓爪抓他的手，再仔細一看，他發現手上全是血。他剝開麥粒，發現裡面有粒路旁常見之野草的種子。當他剝開種子時，看哪，一百公尺長又細又薄的亞麻布從那裡延伸了出來！「我向您鞠躬致敬，父親，我完成了我的任務。」他父親說：「做得好，兒子！你必會長壽，你有資格戴上皇冠，你必須取代我成為皇帝。」但年輕英雄回答：「不，父親，我已擁有足夠的財富，也已擁有一個我可以長住的帝國，我要回到那裡去。」但他父親對他說：「不，你不可以回到那裡。首先，你們每個人都得娶個妻子。我必須掌控你們娶回來的女人。你們當中如果有誰帶回我認為最美麗的女孩，他就可取代我成為皇帝。」兩個哥哥答說沒問題後就出發去找未來的妻子，但最小的弟弟卻乘上火馬車回到貓那裡。

當他抵達時，貓問他：「告訴我，你做了什麼？」他答說，他把細亞麻布獻給了父親，而父親想把統治者的皇冠交給他，但他答稱自己不需要而拒絕了。現在他們兄弟的任務是尋找妻子，最美麗的妻子將成為皇后。貓仔

細聆聽而不發一言。年輕英雄跟她又同住了一個月，但她不曾再提到這件事。然後某天她說：「你不想再回家一趟嗎？」「喔，我為什麼要回去？我沒有這麼做的理由。」

　　時光冉冉，他們開始愛上了對方。有天皇帝的小兒子問貓：「你為什麼是貓？」她說：「現在還不要問我，改天再問我。我不喜歡生活在這裡，讓我們一起到你父親那裡去吧。」她又拿起鞭子，英雄便急忙走到她身旁。她再次朝三個方向揮打鞭子，然後火馬車就出現了。他再度回到父親那裡；他的哥哥們已經先他抵達，並因看到弟弟隻身前來、沒帶回一個妻子而感到高興。

　　他父親看見他這種情形，立刻就說：「你沒找到妻子嗎？你還沒結婚嗎？你妻子在哪裡？」皇帝的小兒子指著貓說：「她在這裡！就是這頭貓！」貓坐在金籃子裡。「天啊，貓可以給你什麼？你甚至無法跟牠對話！」聽到這話的貓十分憤怒，從籃子裡跳了出來，然後走進另一個房間，在那翻了個跟斗，變成一個美麗的少女，美得讓人寧可注視太陽，也不敢因為注視她而變成瞎子。

　　走回原先的房間後，她走去擁抱皇帝的小兒子，而他的父親和哥哥們全都露出一副目瞪口呆的模樣。他父親因這少女如此美麗而十分開心，便對兒子說：「你的的確確娶了個最美麗的妻子，你一定要做我的繼承者，來統治整個帝國。」但少女無法長保她的人形；正當英雄對他父親

說「不，父親，那行不通，我已擁有帝國和皇冠，因此把它們賜給我的長兄吧」這些話時，貓翻了個跟斗，回復成了貓形，然後躺在她金色的籃子裡。

於是皇帝摘下皇冠，把它戴在長子的頭上。年輕英雄再度離開了父親，這次帶著貓離開。然而他有些不高興，因為她沒能長久維持美麗少女的形狀。「親愛的，我將會向你解釋我不能的原因；我受過詛咒。」於是他們回到她的帝國，照著以往的方式繼續生活。

有一天年輕英雄打獵去了，貓趁機磨銳了三把亞坦[2]。他打獵回來後，他們一起坐下來吃飯，吃完飯後便到臥房去談心。沒多久，貓開始假裝身體不適。他問：「親愛的，你怎麼了？」「啊，我生了重病。如果你愛我並願意幫助我，請割斷我的尾巴！它太大太重，我再也沒力氣拖著它了。」年輕英雄大加反對說：「不，我寧可自己先死，你不可以死！我有藥膏可以治療你。」但由於她更加堅持、再三要求他必須割斷她的尾巴，他終於一刀剁斷了她的尾巴。看啊，發生了什麼事？她變成了半個少女！到臀部為止她是少女，但她另一半身體仍是貓。

英雄看到這狀況時很高興，但貓仍不停要求他，使得他心煩意亂。她說她對自己的一生感到厭倦、不想活了。「請你割掉我的頭！你可以拿走你看到的任何東西，包括我整個帝國。」「你怎能要求我割掉你的頭？」「如果你

愛我並想幫助我，割掉我的頭吧！」他再也禁不住她的哀求和煩鬧，於是拿起另一把亞坦，割掉了她的頭。看啊！就在那一刻，貓變成了美麗的少女，宮裡所有的貓都變回了人形，整座城池也恢復了往昔的榮景，而群眾莫不高喊：「女皇萬歲！」皇帝的兒子把美麗的少女攬入懷中並親吻她。她對他說：「從此你就是我的丈夫了。我之前一直活在上帝之母的詛咒下，除非我能遇到一個願把我的頭割下來的皇子。你就是那個人，現在我們一起到你父親那裡去吧。但你要提防你的哥哥們，因為他們想殺害你。」

當他們跟他父親重逢時，後者喜形於外。他開始越來越想佔有自己的媳婦。為了殺掉兒子，他有一天對他說：「你去打獵吧，我想吃鹿肉。」當美麗的女子落單後，皇帝往她的房間走去，但路上有頭貓從他面前穿越而過。他要求媳婦愛他時，她伸手打了他兩記耳光並大喊：「你把我當成什麼？你這老色魔！」

她在丈夫回來後把他父親所做的事告訴他，並說：「我們必須立刻離開這裡，我們回家吧。」兒子對父親裝出友善的模樣，而且表現得彷彿妻子不曾對他說過什麼。但他父親用威脅的口吻對他說：「如果你不讓我擁有你的妻子，我要用絞刑處死你。」「如果我必須在傍晚前被處死，你要知道，我妻子是絕不會讓我死的。」於是他父親下令把他和他的妻子一起關進牢裡。一聽到這消息，他們

兩人就立刻逃走，但英雄在遠處仍不忘對父親喊說：「父親，你必須知道，我妻子很快就會懲罰你！」回到自己的王國後，為了報仇，他們號召了大軍對他父親宣戰。老皇帝能怎麼做？是好是壞，他都得跟貓國的皇帝作戰。

他在三天內也召集了軍隊，但兒子打敗了父親並摧毀了他的大軍，只剩下他還活者。慘敗且筋疲力盡的老皇帝對兒子說：「請原諒我，親愛的兒子！我一輩子都沒做過壞事，請公正審判我，然後你可以公正地統治我的帝國。」

我從哪裡來？我已經告訴過你們。

讓我們首先看一下原型的共舞方式。一方面你看到不孕無子的皇帝和皇后，另一方面你看到一個生了三個兒子的皇帝。死了妻子的他開始酗酒，而他的小兒子最終娶了一頭貓為妻，但我們再也沒聽說貓父母的下落如何。最後，英雄打敗了酗酒的皇帝，後者在全軍覆亡後請求赦免。我們可以假定英雄回覆了一句「滾到地獄去吧！」而沒有殺他，然後長子成為了皇帝，但整個國家的命運最終如何，沒有人知道。它與貓的帝國合併了嗎，還是落入有繼承權之長子的手中？第二個兒子也下落不明。整個故事情節都讓人覺得不怎麼滿意，最後我們只看到英雄和貓住在貓的皇宮內。「婚合」（*coniunctio*）因此成了

整體情節最終前往的重要母題。

　　我們在童話故事中常會看到不少面臨嶄新命運的國家：某個荒蕪的國家經歷了重生，或某個全是女人的國家和某個全是男人的國家合併成了一個新國家。我們一般可以看出這些國家分別代表了什麼意義、以及它們將會有什麼樣的命運。但在這裡，我們面對了一個非典型的童話故事，不知這些國家最後會發生什麼事。在故事結尾，我們看到某種幸福滿溢的二元一體存在於貓國（一個嶄新的帝國）中[3]，而另一個帝國則似完全消失在我們的眼簾之外。

　　我們必須首先討論皇帝和皇后指什麼、兩個帝國所代表的意義、它們必須做什麼、以及問題何在——為什麼故事進行的方式這麼奇怪。

　　直到第一次世界大戰結束前，羅馬尼亞都隸屬於哈布斯堡帝國（Habsburg Empire），也就是奧匈帝國（Austro-Hungarian Empire）。羅馬尼亞童話故事總會提到皇帝，而不會提到國王；在其故事概念中，國王就是皇帝，因此故事總稱國王為皇帝。我們可以簡單地用一般童話故事中的國王來取代皇帝一詞，因為只有羅馬尼亞人才會特別使用後一名詞。我們有兩個帝國：一是陰性不孕的帝國，一是陰性消殞的帝國。

　　讓我們仔細探討一下國王或皇帝的象徵意義。榮格曾簡要說明過國王所代表的意義，尤其是古埃及國王和煉金術中的國王[4]，而相同的意義只會在某些獨特的部落或君主國度中呈現出來。如果你想先讀較簡單和較原始的資料，弗雷澤（J. G.

Frazer）的《金枝》（*The Golden Bough*）是很好的讀本，其中收集了許多故事，探討原始部落首領（或國王）的神聖角色及神奇意義[5]。在某些部落裡，他不可碰觸地面，總是被人抬起，以免碰到地面而被玷汙。在其他部落裡，他用餐後，所有東西（包括他用過的盤子）都得被搗毀，以免被人使用而遭到褻瀆。他或擁有特別的食物和衣物，或必須遵守特殊禁忌或其他。

首領的福祉、心理功能和體能（例如，許多部落會強調他的性能力）是部落福祉的保障。因此，如果首領違反了禁忌、生了病或言行不當，那會為整個部落帶來惡運。他是部落中唯一的獨立個體，是部落的生命核心。在某些部落裡，他一旦生了病就會被剷除掉——通常會成為獻祭中的祭品並被他人取代。在其他部落裡，首領是選出來的，只做一任，在一年、五年或十年後被殺獻祭。這些首領在被選為首領時就知道自己有一天會被殺掉。他的犧牲方式有時十分殘酷，不是被悶死在密不透氣的特製茅屋內，就是被餓死，或以其他方式被殺而成為祭品。

很明顯的，首領代表了我們在心理學上稱為「自性」（Self）的那個觀念，代表個人生命或集體心靈的核心。他象徵自性——古埃及的國王就是如此。你也可以在李約瑟（J. Needham）[6]和葛蘭言（Marcel Granet）[7]的著作中找到美麗的故事，發現中國皇帝也扮演了同樣的角色，而且遠具更多精神意含。對帝國的命運來講，中國皇帝的性能力和健康並不那麼

重要；重要的是他能否與「道」同行。如果皇帝偏離了道性、做出不對之事、或內心失衡，古中國人便認為整個帝國也與之一同陷入了混亂狀態。旱災、長江氾濫等等重大災難發生時，皇帝必然會先自省，以察看自己的內心是否失序，然後藉齋戒悔罪來祈求國家恢復平安。

中國版本的皇帝最讓人矚目之處，是他的意義全屬心理層次。皇帝是否身體健康和是否有所作為都不重要；在物質世界裡，他沒有什麼責任和義務。他無需治理國家、下令或做任何事。他必須寡言守矩，必須盡量少說話而多關注自己內心的平衡和諧。在這層意義上，他更像兼具祭司身分的國王或皇帝，因為他和道之間的密切關係是用來保障國泰民安的主要因素。在這一點上，你可以清楚看到他就是自性的象徵。

我們在世界各地都可發現國王／皇帝到一定時間必須被獻祭或被放逐的母題。古埃及的這情況要到王朝時代的晚期才變得較為人道；代表太陽神的國王自此不用再成為祭品，但必須每五年經歷一次「獸尾慶典」（Sed Festival），在慶典中象徵性地成為祭品並復活。慶典儀式上會有人念誦「你獲得重生，你復活了，你再度成為年輕的國王」這類的話，因此國王獻祭變成了心理死亡和心理重生的儀式，而不需再實際殺死國王。然而，君王必須實際被殺或去位，或必須經歷重生儀式──這類主題遍布於世界各地；無論是在最簡單原始的記載中，或在中國和埃及這兩個複雜的文明社會裡，我們都可見到它們的存在。

正如榮格解釋過的，這類主題告訴我們：自性的種種象徵、它的種種集體象徵都會式微；所有宗教、信念和真理都會老化。因此，所有曾被人廣為談論或曾主宰過人世的事物，都會隨時間失去力量、成為固定的傳統而為人熟稔、最終成為意識所擁有的東西──因為人們向來認為「熟悉之後，就擁有了」。這想法對最崇高的價值會產生最大的影響；次要價值雖也隨時間變得為人所熟悉，但還不致引起大礙。如果最高價值式微了，如果它們可以震撼人心的靈啟性質不見了，重大危險自然會隨之產生。這便是──舉例來說──遵守禁忌的人最後都會僅僅固守形式、卻不知禁忌之蘊意的原因。禁忌背後的神話無法再感動人：「啊，又是那老掉牙的無聊故事！我已經聽了二十遍，又怎樣？」這種反應來自人類意識的一個負面面向，也就是人對司空見慣的事情會變得無動於衷，並自信已經掌握了真理。然而，如果你握有真理、但真理卻不能擁有你，這種倒置豈不錯得離譜？這是人類意識的一個缺點，但當然也與人世不斷變化的事實有關。這就是為什麼在人類心理層次上，王國和君王都需要更新的原因。

外在原因也通常會導致更新之必要。集體的生活方式、部落或一整個帝國必須遵守的規範都會改變；現代化會發生，具有不同觀點的外來影響力也會出現。舉例來說，今天的西方世界深受東方靈性思想的影響，但東方世界反而十分欽羨西方的工業發展。在這種時刻，東西方都需要重新調整自己，不能再走老路。整個宇宙都改變了，因而社會需要用新的真理來回應

它。因此外在原因也促使王國和其統治者老化，而這老化連帶影響到他們所象徵的宗教真理——這真理向來都是以某種政治思維、某種法律思維、某些社會習俗和偏見為前提和基礎。每個偉大文明都是由個體組成，然後所有個體必須藉單一精神統合起來，而這單一精神就是君王。但腐朽會發生，這就是許多童話故事都會有好幾個王國存在的原因。

有兩個王國出現在我們的童話故事中：貓女的王國和酗酒父親的王國。格林童話故事〈金鳥〉甚至有四個王國[8]，其中的英雄從一個王國前往另一個，最後統一了它們。我們先要問的是：幾個王國一起存在代表了什麼意義？這情況之所以發生，唯一的原因就是王國出現了問題。一個王國只有女兒，另一個只有兒子；它們共同的出發點都在尋求婚合，因為兩個王國都不完整。大致說來，一個王國的特質可以和另一王國的特質互補，但這也就勾勒出一個文明已告分裂的實情；它具有統一作用的精神原則——榮格稱之為「集體意識之主宰」（the dominant of collective consciousness）[9]——已經分裂成了不相結合的部分。

例如，基督是兩千年來西方文化之集體意識的主宰。這文化的多數統治者都是基督教文明的代表者，必須確保他們的帝國或王國遵守基督教規範，甚至他們本身就代表了這套規範。不幸的是，中古世紀的歐洲君主們和教皇互相興戰，導致政教相爭（*Sacerdotium* versus *Imperium*），似乎直到今天都還未確定勝負。他們爭的是誰地位較高、誰有權或無權封任君王。但這

只算是特殊狀況。

如今，當基督教王國確實已失去活力、亟需獻祭和更新之時，我們發現它也正在崩裂當中。也就是說，宗教精神已不再能管轄許多生活領域了，因為這些領域已變成了純粹的專業領域。例如，我們的法律雖大致上仍以基督教觀念為基礎，但連這也正在改變。人們現在想用非源於基督教的公義觀念、也就是較現代及較開明的公義觀念來取代某些基督教公義原則。教育已幾乎全然不受基督教控制，只有私立學校還會在上課前舉行祈禱之類的儀式。在我們的公立學校中，這已毫無可能，因為學生的宗教和文化背景已經多元化。

這說明了集體生活的某些領域為何不再屬於帝國。小帝國建立在大帝國內，無處不出現次帝國（sub-empire）。這危險情勢意謂自性的主要象徵出了問題，也就是這文明的核心宗教觀念出了問題，因為這些觀念已不再能夠統合一切。自性的象徵具有「統合為一」的意義；君王或皇帝所代表的就是「統一」這觀念。在某種程度上，我們仍可在名為聯合王國（United Kingdom）的英國看到這點：大英國協的成員雖各自獨立，但國王或女王這個象徵仍可把它們統合在一起，使它們象徵性地合而為一，縱使它們各具主權並絕不可能向英國國會屈服。成員國所臣服的是具有象徵意義的國王和女王。象徵之所以重要，是因為它代表了某種超越政治權益和謀算的事物，代表了自性的原型觀念和自性的合整。這讓我連帶想起一個非常有趣的現象：瑞士病人在接受夢境分析時，他們常夢到英國

女王！ 無意識不惜一切渴望象徵，竟至借用了他國的女王。這正充分證明了象徵對人心具有無比重要性。

因此，我們故事中的兩個帝國把集體生命的分裂呈現了出來。我們現在要討論它們各自的特徵：一個沒有子女，一個沒有妻子。讓我們先討論那個沒有子女的帝國。

經常，在英雄小孩（hero child）出生前[10]，王后會有段時間無法生育或難以懷孕。成千上百個童話故事都是這樣開始的，例如：在奧地利童話故事〈黑公主〉（The Black Princess）中[11]，國王和王后膝下無子，於是王后便過橋去向基督的雕像祈禱。但她認為這還不夠，因而一邊想著「喔，那又怎樣」，一邊隨即對著魔鬼雕像也祈禱起來，然後馬上懷了孕。但小孩後來受到詛咒，跟我們的故事非常相似。十六歲時，公主突然說：「父親，母親，我一直說話至今，但我今後將不再開口說話，請把我裝在棺材中並埋在大教堂裡。」然後她變成了大教堂內的黑色魔鬼。她的棺材由守衛看守著，但每晚她都會猛力攻擊他們，直到某個的英雄來此把她從這可怕狀態中救出來為止。這個故事也以雙親長期無子為主題，而黑公主的教父就是魔鬼。

挪威也有一個講王后無法生子的童話故事[12]。一個有智慧的老女人告訴王后：把沐浴後的髒水倒在床下，隔天當一朵暗色花朵和一朵淡色花朵從那裡長出來的時候，王后只可吃淡色的那朵。但王后很貪心，把兩朵花都吃下了肚，後來她當然生出了兩個小孩，一個白皮膚，一個黑皮膚。

如果童話故事一開始就說王后不能生育，它的情節必會導向某個英雄小孩的誕生。在心理學上，這代表什麼意義？為什麼在英雄小孩誕生前，不孕期會那麼長？

　　通常，一個人會先經歷一段沮喪、空虛、生命死寂的時期；這時期越長，在無意識內累積起來的能量就越強。從某方面來講，意識中的這個死寂感是重大事件能夠發生的必要條件。例如，我在寫作時常注意到一件事：如果我認為「喔，這很有趣」並馬上動筆，我往往就只會寫出膚淺的廢話；但如果我一開始就很沮喪並久久寫不出東西，如果這時間拖得越長，我最終反而可以寫出較好的文字來。結果，只要在動筆前不曾覺得沮喪，我就會懷疑自己的作品沒有價值、認為它並非真正出自我的五臟六腑。要尋見美好之事，你必須先消沉一段很長的時間，而這消沉會以沮喪或生命死寂的形式發生。你繼續生活著，每天按時吃早餐和上班、沒做什麼有趣的夢、一派沉悶無聊、一片荒蕪、什麼事都沒有發生。

　　我曾經經歷過這樣一段時間，並在失去耐性中對自己說：「完了，我正慢慢老朽，我沒希望了。」隨後在一個夢裡，我看到泥土中有道裂痕，上面站著一個解釋、一個非常科學的解釋，在那說明泉水是怎麼形成的。草、泥土、地面、堅硬的黏土依次出現，然後偌大雨滴掉落下來，接著有人解釋雨水如何穿過這裡而聚集在那裡，久而久之便湧現出一道泉水。這就是夢中的解釋。我想：「啊，我現在知道我為什麼要等雨了。」這經驗之所以十分奇妙，就是因為我在上床時曾對無意識說：

「我沒有夢,生活死寂乏味,請賜給我一個夢,好讓它解釋我的情況。」

另有一次,我夢見自己走進有人正在調度車廂的火車總站。一個戴著紅色無邊帽的男人正要下去把兩個車廂掛在一起,然後他走出來笑著對我說:「要讓一篇新的文章駛出車站,我們總需要花上許多時間。」這夢告訴我,無意識不可能時時有求必應;它彷彿不斷在聚集和平衡它內部的各種能量,因而它的成果總需要經過漫長過程才得以顯現出來。如果你把心靈假想成一個能自行調節的系統,那麼它的種種能量似都必須先匯集於適當位置,然後全新之事才有可能發生。

我們童話故事裡的皇后非常不快樂。她想去散步,但皇帝反對,反要求她上船。他說:「如果你回來時沒有懷孕,就不可再留在我身邊。」

他們的婚姻顯然出了問題。我猜她悶得發慌,否則她會留在他身邊的。他對她也非常不滿,才會說出她如果沒有懷孕、就不要回來的話。因此我們發現,皇帝和皇后(陽性本質與陰性本質)雖然沒有直接大打一架,但他們的婚姻並不和諧。這也說明了不孕的原因;他們似乎處於休戰狀態,彼此相敬如賓,但兩人之間沒有真正的愛欲(Eros),使得不孕問題更加嚴重。然後情節出現了這類故事很少見的一個轉折:她想去散步。通常她應該坐在皇宮裡,在那等待前來給她提供建議的一隻青蛙、一個有智慧的老女人、或任何突然現身的一個什麼東西。她想離開皇宮去閒逛,這可是很不尋常或很不正常的一個

母題。因此我們必須問：陰性本質出了什麼問題？皇后似乎受到很多拘束，代表了陰性本質在這王國裡無法四處正常行動，以致變得焦躁不安。她想乘馬車，但皇帝說：「不行，我會為你造一艘船。」

讓我們現在轉頭去看看另一個王國的最初情況：有三個兒子的皇帝因妻子死了而成為酒鬼。這元素顯示了什麼問題？我們可以假定這些元素全屬於羅馬尼亞的基督教文明，但我們不知道是哪個年代。（我認為，這故事並不古老，很可能出自十四、十五世紀。）這第二帝國的陰性本質已經死了，因而我們可以想一想：陰性本質消亡的文明會是什麼樣子？

如果我們去造訪一下全由男人組成的團體——如同濟會（Freemasons）或軍隊——我們便知男人的世界是什麼樣子。舉例來說，尊卑階級很容易出現在男校裡，而且往往跟理性知識有關。在軍隊裡，階級跟知識沒多大關係，而是透過客觀準則來決定；軍人個人並不重要，重要的是人人必須恪守軍規，而這正是軍中男人最感自豪的一點。女人比較主觀；如果她們喜歡一個男人，她們會設法讓這男人逃過規範的約束。但如果她們不喜歡那個男人，就沒人能夠搖撼那規範。往往，只要男人長了張討喜的臉孔，女人就不會把規範用在這個男人身上。女人的世界通常富有彈性，男人的世界卻較僵化、很難變通。

在柯梅尼（Ruhollah Khomeini）[13] 統治伊朗的時代，我們看到他所重建的、純由男性主導的世界造成了什麼後果。兩種世界各有優缺點；我們只需看看女人群居的所在——女校、修

女院、盡是女護士的醫院——就可得知女人世界的缺點。在瑞士，我們有一個綽號叫「猴偶盒」（ape box）的女校；校內沒有階級，也沒有攻擊和打架事件，但學生們會勾心鬥角、咬耳朵說壞話、用蜘蛛惡作劇嚇人、高興忘形地交換情書一讀等等。權力競爭當然也在這裡發生，但競爭所用的武器可是有毒的——不是暴力或攻擊力，而是尖酸的言語、小心眼的嫉妒心等等。從正面來看，女人似乎比較活在現實世界裡。如果比較一下一群討論病人病情的男醫師和一群討論病人的女護士，你會發現醫生組極可能這麼說：「這癌症令人費解，我從沒見過這種事情。」護士組卻會說：「我不喜歡這個男人。他在家裡一定不快樂；我看到他太太來看他，但我不覺得他們……」女人喜歡從個人角度做出診斷，但男人較習慣用客觀角度。兩種方式都站得住腳；太多這或太少那，在我看來，都很危險。它們是互補的兩個世界，注定要相屬為一。

我們可以相信，某種過於強大的陽性力量主宰著那陰性本質已經消失的帝國。故事中就有個不尋常的暗示：皇帝在妻子死後開始酗酒。我從不曾在童話故事裡見到君王喝酒；這是個頗為奇特的故事。

酗酒是一種常見的被棄症候群（abandonment syndrome）；許多酗酒行為都源自想像出來的或真實的被棄經歷。每個酗酒者都說沒有人愛他、他覺得孤單等等，但實情未必如此。有時他們身旁有關心者，但他們還是覺得自己被人遺棄。另有些人是真的無人顧念，因此成為酒鬼。被棄永遠是酗酒的一個原

因，而我們必須把這原因找出來。這也正解釋了「戒酒無名會」（Alcoholics Anonymous）如此成功的原因。他們提供無微不至的關注，而這正是治療被棄症候群的最佳藥方。我們可以這麼說：如果要讓人覺得他真正受到關注，我們就得天天派人去關注他，否則我們不可能把他救拔出來。

我認為，主要問題應與愛情有關，與一個人的伴侶有關，也與個人的愛欲出了狀況有關。女性酒鬼的問題多與男人有關，但男性酒鬼則多與他們的阿尼瑪有關。他們跟自己的愛欲失和，也就是跟自己的陰性本質失和，以致他們的阿尼瑪無法發揮正常功能，使他們不知如何與阿尼瑪保持密切接觸。在女人這方面，她們與阿尼姆斯失去接觸，使她們無從去到無意識那裡。許多人在這些情況下開始渴望起宗教般的狂喜經驗，於是開始酗酒或嗑藥。一般來講，任何溺癮都可說是出自對宗教狂喜經驗的渴望。正由於生活太令人沮喪、太無聊、太沉悶，工作沒有意義，家庭生活冷冰冰而無感情，人會就此對某種興奮狂喜生出無比的渴望。人心乾涸未必只跟外在環境有關，有時也跟個人自己有關。我曾遇到過一些無從觸摸自己情感的病人，他們似被什麼東西堵住了、被某種理性態度囚禁著而無從逃出。有個平常極害羞的女病人之所以會酗酒，是因為她認為那樣她就可以變成外向者，可以興高采烈地與人談天說地。她時時喝酒就是為了要達到這個目的；酗酒成為了她通往無意識的橋樑。

因此我們可以說，皇帝不僅與陰性本質斷絕了關係，也與

無意識斷絕了關係。這可說就是心靈乾涸狀態，並意謂著：統治這國家的基督教文明已經失去了它的靈啟之源、它初受靈啟時的屬靈感覺。它已經變成了日復一日的習慣和責任，因而一種補償心理冒了出來，在那渴望著狂喜興奮的經驗。在另一個帝國裡，愛和生育力都不存在，使得那在心靈內坐立不安而四處遊蕩的陰性本質試圖找到出路。

這故事的發展全與陰性本質有關。皇后航過大海，再後貓女主動要求英雄必須先返鄉、然後再回到她那裡。貓女把拯救她的方法告訴英雄，成為了整個故事的主角，因此故事整體情節可說都是由陰性本質發動的。這故事讓我們看到，陰性本質如何藉主動作為去召喚出那具有療癒功效的互補功能。男人照著女人命令行事的情節顯然告訴我們：過度被父權控制的意識必需被平衡過來。我們必須知道，這類童話故事之所以會出現，其目的就是要彌補主流價值的偏頗不足。

註釋

1   Walther Aichele and Martin Block, eds., "Die Katze", in *Zigeunermärchen. Die Märchen der Weltliteratur*, ed. Friedrich von der Leyen (Dusseldorf: Eugen Diederichs, 1962), 186-198.

2   原書編註：亞坦（yatagan）是土耳其騎兵佩刀的一種，形狀短而寬。

3   譯註：原文 two-ness 與榮格的「婚合」概念有關，指對立的兩種元素統合為一。

4   C. G. Jung, "Rex and Regina", in *Mysterium Coniunctionis: An Inquiry into the Separation and Synthesis of Psychic Opposites in Alchemy*, 2nd ed., vol. 14, *Bollingen Series XX: The Collected Works of C. G. Jung*, eds. Herbert Read, Michael Fordham, Gerhard Adler and William McGuire, trans. R. F. C. Hull (Princeton, NJ: Princeton University Press, 1989), §§ 349 - 543. 譯按：*The Collected Works of C. G. Jung*《榮格全集》一般簡稱為 *CW*，在本書後半均以此為標示。

5   James George Frazer, *The Golden Bough: A Study in Magic and Religion* (New York: St. Martin's Press, 1966).

6   Joseph Needham, *Science and Civilization in China* (Cambridge: Cambridge University Press,

1954).

7 Marcel Granet, *La pensée chinoise* (Paris: Albin Michel, 1999).

8 Jacob Grimm and Wilhelm Grimm, *Grimm's Fairy Tales: Complete Edition*, ed. James Stern, trans. Margaret Hunt (London: Routledge and Kegan Paul, 1948), 272-279.

9 Jung, *Psychology and Religion: West and East*, vol. 11, *CW* (Princeton, NJ: Princeton University Press, 1989), § 845.

10 譯註：本章所說的「英雄」與榮格個體化概念中的英雄原型有關，象徵個體化過程中不畏艱苦、尋求開悟和人格整合的心志。「小孩」代表個體化初始時尚未完全體現的自性潛力、以及啟動人格成長的直覺與本能。馮‧法蘭茲在此把這兩個概念併為一詞，將兩者的意義揉合在一起。

11 Paul Zaunert, *Deutsche Märchen aus dem Donaulande*, in *Die Märchen der Weltliteratur*, ed. Friederich von der Leyen (Jena: Eugen Diederichs, 1926), 150.

12 Klara Stroebe, trans., "Zottelhaube", in *Nordische Volksmärchen*, vol. 2, *Die Märchen der Weltliteratur*, ed. Friedrich von der Leyen (Dusseldorf: Eugen Diederichs, 1915), 186-193.

13 譯註：柯梅尼（1902-1989）為伊朗回教什葉派領袖，1979年發動革命推翻歷史長達2500年的伊朗波斯王國，創建伊朗伊斯蘭共和國。

14 譯註：類似人偶盒（Jack-in-the-Box）的木製玩具，盒中的猴偶會彈出嚇人。

航向聖母瑪利亞

懷孕的女人是用來完成這神祕過程的船。

懷孕女人非常接近死亡和原型世界，會在神祕的
夢裡夢到人類的起源，並在夢中獲得祖先之靈正
在轉世的暗示。這些夢無不告訴我們，懷孕生子
帶有心理神祕性，甚至帶有原型體現的可能性；
但在我們文化中，許多女人都無從體會那神祕性
和可能性。這跟我們的父權傳統有關，也可以說
跟女性意象被剝奪了生理面向、其物性的下半身
有關。

在故事一開始，皇帝和皇后膝下無子，皇后想去散步。皇帝為她建造了一艘世上最美麗的船：「人們寧可直視太陽，也不願直視這船，以免眼睛被它的美麗給刺瞎了。」船建好後，他對妻子說：「親愛的，船已經可以使用了，你明天就啟程吧……如果你回來時沒有懷孕，就不可再留在我身邊，也不可再出現在我面前。」皇后就乘船啟程了，航過大海，來到聖母瑪利亞的皇宮。

首先，船是陰性載具，人們都用「她」來指稱船。人們也常把船和月亮及月神聯想在一起，但有時也把它聯想於太陽，如埃及神話中載著太陽橫越天空的平底舟。船可促進人與人的交流、商業活動和文化傳播，而這種連結力和聚合力再度證明了它屬於陰性。船的象徵意義建立在它是人造之物的觀念上；它是人類的發明，可以前往人腳無法踏上的水面。這是船的基本功能，也是它神奇的地方，更是所有象徵陰性本質、月亮和生殖力的原型都與它相關的原因，也是船會使人會聯想到子宮的原因。

因此我認為，做為人心建構——如佛法和被稱為救贖方舟或挪亞方舟的基督教教會——的象徵，船的意義最為基本和最為重要。這些人心建構所具有的意義絕不同於現代科技產品的意義。所有人類最古老的發明——馬車、船、農耕器具、犁等——對人類來講都很神奇，因而其發明者莫不覺得它們源自某種神啟，而不會像現代發明者一樣認為「這新機器是我憑自己的聰明發明出來的」。古代發明家總認為，揭示或賜給那奇

妙之物的是神。因此，最早的技術發明——橋、船和馬車——向來都非常神聖，因為人們相信它們全是神祇所賜給的禮物。

澳洲原住民用一個極美麗的故事來解釋他們是怎麼發現弓和箭的。他們說，彩虹人（Rainbow Man）——亦即具有原型意義的遠古時期（Dreamtime）人類祖靈之一——下降到地面時，他的妻子環抱著他並掛在他脖子上。她是弦；在她的環抱中，彩虹人和她成了弓和弦的形狀。他們藉著那下降姿勢讓澳洲人得知如何發明弓和箭。自從彩虹人和他妻子消失到大地深處後，澳洲人便開始使用弓和箭[1]。這美麗的故事說明了早期人類是如何看待一種新發明的：他們視之為魔法！鎔鐵鑄劍的工作也是在盛大的魔法儀式中完成，一向都被賦予神聖意義或被視為神蹟[2]。

因此由人心發明、但出自神啟的船也富有神奇性——它事實上是一位女神向人揭示其形式後，人用自己的心智模仿那形式打造出來的。因此船至今仍保留了一種靈啟特質：它可讓人行過無意識水域。一般來講，水是集體無意識的象徵；只有讓人可浮於水面的船才能使人免於被無意識淹沒的危險。所有哲學、所有宗教教誨或文化傳統都是一艘保護我們的船；如果我們貿然走進無意識，我們必會遭到淹沒。

榮格心理學也是這樣的一艘船。我們可以說，榮格之所以能建立這艘船，是他先創立了幾個概念，讓溺水而分不清上下四方的我們能夠緊緊攀住它們。當人面臨自我過度膨脹、被無意識淹沒、被情結附身並壓垮的種種危險時，榮格的這些心理

學概念能為我們解危。例如，分析師可以對案主說：「你的自我現在過於膨脹！」或者，他可以藉夢的分析來使他自己和病人不致淹沒於無意識之中。一切教誨和傳統之所以具有價值，原因莫不在於它們能讓人不致完全失去方向感。失去方向感就是人與無意識相遇時的典型感受；一旦如此，被淹沒的感覺便會撲天蓋地而來。

最初，我們的皇后想乘馬車出發。馬車這個象徵同樣具有陰性意義，也同樣常與太陽和月亮有關，因為許多文化傳統都有太陽、月亮和眾星乘著馬車和舟船橫越天空的故事。古希臘神劇中有舟車一體的載具：載著酒神戴奧尼索斯（Dionysus）向雅典人顯靈的馬車是艘有車輪、可以駛進城裡的舟船[3]。皇后想乘馬車在陸地上行走，但耐人尋味的是，皇帝說不可以並特別為她建造了一艘小船。我們之前說過，皇后不知何故感到煩躁而坐立不安。女人懷孕時往往不想走動，皇后卻想出門散心。我們之前說過，她有可能覺得受到拘束而想出去尋求什麼東西；也就是說，無意識好像驅使著她走上追尋之路，而她也真的在夜晚登船出發了[4]。但是，她想在陸地上行走，卻不得皇帝允許而必須乘船航海，這代表了什麼意義？

如果她在陸地上行走，她仍會留在意識版圖上，因為人一般都生活在陸地上，陸地因而代表已知領域。她只想乘馬車在公園裡散步，這意謂她只想停留在已知的意識領域。但皇帝有較好的直覺，知道她必須經歷更重要的、來自無意識的某種經驗。派他妻子乘船航海是個既奇怪、又極危險的想法，但

他願意冒較大的風險。他甚至要她懷孕後再回來——我們已經說過，他似乎想把她打發走，甚至對她懷有某種不明的態度。但他的確擁有洞見，知道她需要一個更猛的藥方：一趟夜航溟海、一個來自無意識的啟示。海洋到處都有怪物和神祇，可以把人帶往未知的神話海岸、神鬼居住的未知島嶼。他的預感直覺可說再正確也不為過了，因為，如想獲得生育能力、獲得新生（「皇子」一向都象徵新生的可能性），我們就必須前往那真實領域、那屬靈世界、那奧秘之所在。

在我們進一步思索「船」之前，我想把它跟下一個象徵——聖母瑪利亞的皇宮——連結起來。在新約聖經福音書寫成的時期，聖母瑪利亞的老家在加利利（Galilee）或拿撒勒（Nazareth）。現存西元第一世紀的所有史料都不曾提到她的出身；我們只知她在很年輕時就成了約瑟的妻子和耶穌基督的母親。讓人自然推想她還生了其他兒女的是《馬太福音》第一章第二十五節的經文。就聖經提到她的部分來看，她一直跟隨著我們的主耶穌。耶穌被釘十字架時，她也在場；也就是在那時候，耶穌把她交託給了使徒約翰（見《約翰福音》第十九章第二十六、二十七節），意謂約瑟當時已經不在人世了。《使徒行傳》第一章第十四節提到，她參加了使徒和信眾於耶穌升天至五旬節這段期間在耶路撒冷舉行的祈禱會。新約聖經並沒有提到她死於何時何地。

至少對寫四福音書的使徒來講，瑪利亞始終為處女的教義並不重要，而且天主教教會在成立後的最初三百年間也沒有強

調這項教義。然而，對特土良（Tertullian）來講，瑪利亞在生耶穌後結婚的事實足以證明道成肉身（the Incarnation）的真實性，並足以駁斥他同時代之諾斯底教派（Gnosticism）對此的說法。奧利振（Origen）則藉耶穌有兄弟的記載來駁斥幻影說（Docetism）[5]。「恆為處女」的教義雖然古老，但實際上並不出於天主教。一般被認為寫於第二世紀的次經[6]《雅各福音》（Protevangelium Jacobi）──它是後來《瑪利亞和救主基督》（Liber de Mariae et Christi salvatoris）及《瑪利亞誕生福音書》（Evangelium de nativitate Mariae）二書的根據──曾指出瑪利亞的父親名叫約雅敬（Joachim）。從三歲到十六歲，「瑪利亞都在聖殿裡，就像是住在那裡的鴿子；她從天使手中獲取食物」。當她到了適婚年齡，祭司們便在以色列的鰥夫中為她尋找一位保護者，「以免她玷汙了上帝的聖殿」[7]。在一個奇妙徵兆的指示下，年長並已有家庭的約瑟便承擔了這項保護責任。不久之後，天使報喜的事便發生了。

當處女懷孕的事被發現後，她和約瑟被帶到大祭司面前。雖然他們誠實堅持自己是無辜的，但唯在他們通過「上帝詛咒之苦水」的考驗後[8]，他們才獲得除罪。要直到第四世紀，教父們才開始重視瑪利亞為貞潔處女的事情，例如，聖盎博（St. Ambrose）就曾在舊約《以西結書》第四十四章一至三節中發現了一則跟這奧祕有關的預言[9]。

雖然早期教派所寫的次經文獻──其中一再使用「在上帝眼中無可指摘」這些文字來描述瑪利亞──似乎會鼓勵「聖母

無原罪」這種教義，但被歷史認可之許多天主教教父的文章卻顯示，天主教原本對此幾乎毫無概念。

第四世紀時，瑪利亞與上帝的特殊關係——這關係使她可以在上帝面前成為人類的求情者——常被歐瑟伯（Eusebius）、亞他拿修（Athanasius）、狄迪莫（Didymus）和拿先斯的貴格利（Gregory of Nazianzus）這幾位主教提及。這教義最初受到重視的原因可能是教父們想凸顯肉身之道（基督）的神性，但無可置疑的是，「無原罪」之詞到後來卻成了瑪利亞專享的榮耀。

我們可以想起普古洛（Proclus）於西元四三〇年左右在君士坦丁堡發表的第一篇講道，以及亞歷山大城之聖啟祿（Cyril of Alexandria）於四三一年在以弗所大會（Council of Ephesus）召開時在處女瑪利亞大教堂（Church of the Virgin Mary）發表的講道。前者在講道中提到「聖處女暨神母」是「貞潔無暇的寶庫、第二亞當[10]的靈性天堂、把兩種屬性焊合為一的工場……上帝與人類之間的唯一橋樑」[11]。後者則讚美她是「聖母兼處女……透過她，三位一體的神得到榮耀並受人崇拜，救主的十字架也因她被高舉而受人景仰。上天因她得勝，天使因她歡樂，魔鬼被驅離，誘惑者被征服，墮落者被高升到天上」[12]。

在以弗所大會決議認定她是神母（Theotokos）後，以她為尊的狂熱信仰就開始像野火般蔓延開來。東羅馬皇帝查士丁尼（Justinian）在其所訂的法典中請求她為帝國向上

帝祈福，並在聖蘇菲亞大教堂的高壇刻上她的名字。大將納西士（Narses）在戰場上尋求她的指引；皇帝席哈克略（Heraclius）的旗幟上有她的畫像；大馬士革的聖約翰（John of Damascus）稱她是至高母親，萬物都因她兒子之故臣服於她；聖徒伯多祿・達米昂（Peter Damian）認為她是最崇高的被造之物，並在呼喚她時視她為具有天地間一切大能、但不忘人類福祉的神祇。這種對聖母的廣泛崇拜使得與她有關的完整教義體系和宗教儀式逐漸發展了出來。

你在這裡看到了全然脫離聖經記載的演變。處女瑪利亞在聖經中只出現過幾次，但後來發生的巨大靈性發展卻逐漸增加了她的重要性：起先她被宣告為神母，繼而出現了「聖母無原罪」（Immaculata）的教義，最後出現了最新的「聖母蒙召升天」（Assumptio）之說。雖然蒙召升天之說約從十一、十二世紀開始成為大眾信仰，但要直到一九五〇年，教宗庇護十二世才終於正式批可這項說法。

如果我們想到基督教原始教條受到父權思想的嚴格掌控，這一發展確實教人難以置信。瑪利亞的鴿子畢竟就是維納斯女神的鴿子，儘管有人必定對此說法大大不以為然。某些教派認為聖靈為陰性，並因此認為也應該有個由父親、母親和兒子組成的天上家庭。但教會會議很早就宣布聖靈為陽性，因此這些信仰很早就受到壓制。榮格在他論三位一體的論文中指出[13]，教會的見解偏重思考而忽略經驗；它建立的不是父親、母親和兒子組成的自然家庭，而是一個智性架構，一個由父、子和某

種結合兩者的神祕力量共同組成的結構。因此，我們一方面看到一個堅持陽性力量、視三位一體為陽性結構的發展，另一方面也看到人們越來越崇奉聖母瑪利亞。我們都知道，在許多拉丁國家百姓的日常生活裡，聖母瑪利亞實際上甚至比上帝扮演更重要的角色。

　　早期基督徒絕少發明新的藝術母題。正如我們在古代藝術中常見到的，早期基督徒藝術家也會一再模仿前人作品中的某些圖像和形式。例如，繪畫和雕塑中的天使形態是從勝利女神奈琪（Nike）的形態模仿而來的。在早期基督徒棺木上的繪圖中，我們有時會看到有翅形物為站在他們中間的人戴上冠冕、用以表示死者戰勝了死亡。這可說完全模仿了奈琪的神話意象——她原是奧林匹克競技場上的加冕者。如此看來，各式各樣的基督教主題可說全是從古文明慣見的傳統主題轉換過來的。

　　聖母瑪利亞的最早雕像也一樣模仿了埃及女神艾希絲（Isis）抱著兒子赫洛斯（Horus）的一尊雕像。考古學家曾費盡心思，但一直無法判斷這雕像是否原為艾希絲的雕像、但被基督教教會用來代表了聖母瑪利亞。是以，在藝術上（甚至不僅在藝術上，而且還在心靈深處），聖母瑪利亞繼承了埃及女神艾希絲的所有主要特點。艾希絲曾對羅馬帝國晚期發揮過很大影響力[14]。艾希絲神話與羅馬帝國的米思拉絲女神神話（Mithraic mysteries）連結了起來；許多米思拉絲神廟不僅有米思拉絲的圖像，也有艾希絲神話的圖像。我們在阿普列尤斯

（Lucius Apuleius）所寫的《金驢記》（*The Golden Ass*）中也發現[15]：書中主角路希阿斯（Lucius）在啟蒙後進入了艾希絲的神祕世界；兩種神祕（艾希絲和米思拉絲）全然融合成單一的神祕啟蒙儀式。

艾希絲尤其跟船隻及航海有關。《金驢記》提到，春天降臨後，冬日留置在陸上的船隻再度下海時，人們會為之舉行歡慶儀式。做為水手和船隻的保護者，艾希絲是儀式中的主神；路希阿斯就是在儀式中盛大的艾希絲繞行活動舉行後獲得啟蒙的。聖母瑪利亞無疑全盤接收了艾希絲所象徵的意義。這就是為什麼在民間故事裡——並在禮拜儀式的某些部分——她也被稱為「海洋之星」（*Stella Maris*），足以證明她也曾被尊崇為船隻和水手的保護者。

天主教官方在其認可的意象中只強調瑪利亞的屬靈意義：處女無原罪懷孕、蒙召登天、登入最神聖之密室（*Thalamos*）或上帝新娘的洞房。然而艾希絲卻具有更豐富的意義。在藝術作品中，艾希絲不僅具有最高越的神性，同時也是冥間女神，是死者、鬼魂、暗夜、幽靈和邪惡的統治者。艾希絲之所以是黑色女神，原因不僅在於她與黑色邪惡有關，也在於她跟夜晚發生之事及黑色泥土有關。在古埃及文化的晚期，艾希絲開始和獅頭女神賽克美（Sekmet）及貓頭女神巴絲帖（Bastet）合而為一。作為母神的她在藝術意象中，不僅代表了最崇高的靈性——上帝之母、新太陽神賀洛斯之母、復活之神奧賽里斯（Osiris）的妻子——也代表了統治冥間之萬物母親的黑暗面

向。她統合了一切屬性，繼承或吸引了地中海地區許多其他母神——如德西朵－阿塔阿提絲（Derceto-Atargatis）和娥那特（Anat）——的所有特徵。她把她們融合成了古埃及文化晚期的一個偉大母神。聖母瑪利亞也繼承了這些特徵，但在官方教條中，她只繼承了崇高純潔的靈性特徵；其他面向（如繁衍大地萬物的能力及黑暗面向）從未被官方承認過。

　　然而你會發現，在農業國家的農民對聖母瑪利亞的崇奉中，所有不被教會教條認可的那些特徵仍然深植人心。在被聖徒或聖母療癒後，人們會照自己的斷腿或斷臂製作一個小模型，把它懸掛在高處，藉以表達謝忱。巴伐利亞甚至還有聖母蟾蜍——據信象徵子宮——的模型。生過孩子的女人覺得，把蠟製的子宮模型高掛起來會有傷大雅，於是就把蠟製的小蟾蜍圍在聖母瑪利亞雕像的四周。不過那只是為添生小孩而獻上的感謝。黑色聖母——像我們在瑞士艾恩希登鎮（Einsiedeln）或瑞士烏里邦利登鎮（Riedern in Uri）所看到的——特別被人認為可以幫助女人順利生產或使不孕的女人懷孕。這習俗至今仍然存在，也仍然被視為有效。

　　因此，農村的民間聖母信仰或保存、或重新取得了——我們無法確定是這兩者中的哪一者——冥間女神、生殖力女神、大地女神、黑暗女神的所有特徵。為了解釋黑色聖母存在的原因，人們杜撰出的藉口往往讓人莞爾一笑。艾恩希登鎮鎮民說那是因為修道院曾經毀於火災，從此她就變成黑色了。你如果仔細打量那尊雕像，就知道那說法顯然不合實情，因為雕像

上根本沒有火燒的痕跡。鎮民的說法不過在掩飾一個事實：她本來就是黑色聖母，而且打從一開始就是。她極可能承襲或取代了一尊古代的艾希絲雕像，因為早期基督徒一般會在艾希絲神廟的廟址上建造聖母瑪利亞的的聖所。早期艾恩希登鎮上的人顯然認為，為了歷史延續性，還是保留她的黑色吧。這就是她至今仍是黑色的原因。羅馬帝國所到之處，都會有根深蒂固的艾希絲信仰，也都會有黑色聖母的雕像；這些雕像在那些地區都是自然而然出現的。人們不會大肆宣揚這種事情，只會發明一個小故事（比如說她變黑是因為修道院曾被燒毀），藉此使這事看來無傷大雅而得到包容。我們在世界其他地方也看到類似情況，如南美洲的瓜塔露佩聖母瑪利亞（Our Lady of Guadalupe）——她似乎繼承了印地安文化所信仰之母神和生殖力女神的所有特徵。

在聖母瑪利亞信仰和天主教傳教士所到之處，聖母總會披上當地偉大生殖力女神的特徵。因此，在民間信仰中，她不僅無原罪、屬靈並曾蒙召升天，她也是大地的偉大母親、大自然的保護者。

她之所以與黑暗面向有關，還有另一個原因：她是罪人的保護者。在歐洲許多天主教國家裡，雕像上的聖母瑪利亞拉起她的衣袍，袍下有許多小人物（也就是正在祈禱的罪人），上方則是滿面怒容、拿著弓箭對準他們的天父。這是在告訴眾人：如非聖母瑪利亞代為求情，憤怒的上帝早就毀滅他們了。她用衣袍遮住他們，並對上帝說：「不要生氣，他們畢竟不是

惡人。」她是中介者，是「中保」（mediatrix），因此人們祈求她代為求情。大家相信她對人性之缺陷較具有仁慈心，而仁慈正是典型的陰性特質。在一個家庭裡，每當父親暴跳如雷的時候，母親總是那個代為求情者。天上的家庭也一樣。

我們故事中的上帝之母也具有模稜兩可的性質：她詛咒了王后將生下的小孩。在具有類似情節的童話故事中，詛咒者多是女巫；你很難找到一個詛咒小女孩的女神，只會找到女巫或邪惡精靈。在我們的故事裡，聖母瑪利亞扮演了邪惡精靈或女巫的角色。由於教會官方的聖母意象缺乏完整性，大眾便為這意象添補了它所欠缺的那一部分。這就是我們必須了解民間傳說和童話故事的原因——了解這些，就等於去了解一個集體文明會以什麼樣的夢來彌補它自身的不足。要研究任何一個文明，你可以研究他們的聖書或神聖教誨，藉以了解他們的意識傳統，但你必須時時自問：「他們的民間傳說呢？」如此你才可能找到可彌補集體傳統之不足的無意識材料。我口中的「彌補」並未暗指對立之事，因為彌補往往就是互補、填補官方教誨未言之事。在某些文明裡，官方教誨和民間傳說之間存在著十分顯著的分歧。

例如，古希臘人在談論奧林帕斯山諸神時有正式的故事教材，但這教材大大不同於農民的信仰。古希臘農民對大自然充滿崇拜，偏向於原始的泛靈信仰（animism），與希臘人在學校裡學到的、僅被祭司階級和城市菁英階級相信的希臘宗教大相逕庭。一切文明都有這種階級現象。菁英階級透過學校及體

制，用傳統形式傳授他們所繼承的精神遺產，藉以塑造某種意識結構。但與此同時，可與之互補的無意識想像也接著形成一股暗流。我們可藉人們的夢境來察覺這股暗流，也可在研究一個文明時，藉問街頭小人物「你信什麼、想什麼、崇拜什麼」來發現它。街頭小人物總會毫無忌諱地把他們的幻想宣洩出來。

　　舉個例來說，我們都知道天主教在其性教育中強調婚前性行為之不可取。我有一次對一首流傳很廣的巴伐利亞短歌產生了極大興趣，歌詞是這樣的：「我去對媽媽說：『我可以吻那女孩嗎？』媽媽說：『不可以；如果你吻那女孩，你就犯了罪。』於是我去對神父說：『我可以吻那女孩嗎？』神父說：『如果你吻那女孩，你就會下地獄。』於是我去問上帝本人：『我可以吻那女孩嗎？』上帝捧腹大笑，對我說：『當然可以，我就是為男孩創造女孩的。』」農村男孩滿懷謔意地唱著這些古老歌曲。他們都是好天主教徒，會在每個主日去參加彌撒，但他們還是唱著那首歌，並照著歌詞所說、而非教會所教的去做。就在這些地方，你可以看到單純小人物——以及童話故事——才會流露出來的彌補心理。人們藉童話故事講出的聖母瑪利亞故事，想必會嚇壞一板一眼的教士們，而這正是這類故事彌足珍貴的理由之一。

　　我們現在有點更知道如何去詮釋那艘由皇帝下令建造的船了。皇帝曉得：在無意識水域遙遠邊界上的形上領域、未知領域必須出現；也就是說，只有超自然而神奇的某種東西才能解

除荒蕪不孕的狀況。他比他的妻子具有更好的直覺，因而把她交託給了一個結構體、一個架構、一艘陰性之船，讓她能在黑夜中航過無意識水域、去到聖母瑪利亞的皇宮。然而，我們在此似乎遇見了一個很奇異的地理空間。

聖母瑪利亞不住在她應住在的天上。雖然她在一九五〇年才正式蒙召升天[16]，但大家都相信她從十一或十二世紀以來（甚至更早）就住在那裡了。但在我們的故事中，她並未住在天上，而是住在立於海面上的一座皇宮裡。她不在陸地上，也不在地球上，更不在三位一體之神的所在處。因此，「她住在皇宮裡」是指什麼？住在這種地方或從這種地方發號施令的是貴族。在童話故事的語言中，國王或王后、統治者或高階貴族會住在皇宮裡，但上帝不會。因此這裡的皇宮再度強調了一個差異：這不是教會所說的聖母瑪利亞。她應住在小教堂或大教堂裡，但這故事中的她卻住在皇宮裡。

我們必須從羅馬尼亞純樸農民的觀點來看事情。對他們來講，歷代的奧地利皇帝（也就是哈布斯堡家族）都住在皇宮裡。在義大利，波羅米尼（Borromini）家族也住在皇宮裡。他們享有崇高地位，受人敬拜，是一言九鼎的世界統治者。我要強調的是，皇宮不是教堂。因此，我們故事中的聖母瑪利亞脫離了與她關係最密切的教會，成為了一個統治者、一個未知領域的皇后。她不是陸地上的皇后，也不是天上的皇后（雖然這是她正式的頭銜），卻是海面上、無意識內某未知領域的皇后。她統治的不是人類意識世界，也不是人類宗教意念所想

像的天堂。我們可以說，她位於一個神祕的第三世界。在我看來，這十分有意思，因為它也讓我們看到聖母瑪利亞（或說聖母瑪利亞的原型）仍處於發展階段。

原型的發展歷史可以橫跨許多世紀。榮格在他論約伯的論文中試圖寫出基督教原型的歷史[17]。他清楚指出：原型會自行集結意義[18]，然後發展、老化、最後將其對立者導引出來，就像一齣需費時數百年才能演完的戲劇。某些原型會淡化消失；在扮演重要角色後，它們便趨於沒落，人們對之失去了興趣，它們也不再能集結意義、不再活躍於集體無意識中。它們被人遺忘，並被正在前來、正在形成、正在浮起以求體現的新原型取代。新的原型使人興奮並帶起新的意義。只要集體想像還能繼續擴增一個原型的意義，這原型便仍處於形成階段。自發的意義擴增過程總會不斷揭露新增的意義；相反的，一個趨於沒落的原型已淪為貧乏的陳腔濫調，再也無法激發出新的想法。

我們故事中的聖母瑪利亞位於集體無意識中的「未知某處」，住在皇宮中並為統治者，讓人崇敬，但也讓人感覺詭異——這一切都意謂了這原型還正在浮起、還正要從集體無意識的地平線上出現。舉個例來說，在教宗宣布聖母蒙召登天後，隨即就出現了一波想要還俗結婚的神父，以及一波想獲准成為教士的女人。有趣的是，這些運動沒有一個提到「聖母蒙召升天」的宣詔，但心理學家知道這種效應顯然是宣詔造成的。

神父們為何不說：「聖母瑪利亞已進入了上帝新娘的洞

房，可見婚姻也存在於天上，因為你怎可能到洞房後什麼也不做？」神父們想結婚是因為這才符合聖母瑪利亞原型的含意。至於女人，她們說：「現在我們想成為教士，我們要被允許進入至聖所。」沒有人提到這當中明顯的心理因素，但我們卻可在此看到：即使人無所自覺，原型仍發揮了影響力。人們不知自己為何突然想結婚或為何突然想成為教士。真正的原因是：陰性本質之原型正從集體無意識中浮起，而且還在上升途中，使得一群人突然參加了相當奇怪、且不為他們自己所了解的運動。

　　身為局外人，我們知道，那些運動完全受到集體無意識內正在發生之事的影響。女性主義運動也是如此。雖然彼此少有共通點，但所有這些運動都互有關連。如果能去探究一下當前集體無意識深處的變化發展，你當可大致得知那個深處基本上發生了什麼事情，也可以讓自己不致陷在一波波的表面爭議──「女人應該成為教士嗎？神父應該結婚嗎？」──當中。這些水面波浪是由正發生於集體無意識海洋深處的事件所引起的。重要的是，聖母瑪利亞的某一陰性意象想要浮出水面。如果仔細閱讀童話故事，你當會發現文字背後藏著什麼樣的實情。

　　聖母瑪利亞住在皇宮裡的意象讓我們知道，這童話故事出現於基督教時代、但不會早於中古世紀，而且目前仍在集體無意識中帶動著一個仍屬必要的演變過程。

　　皇后來到那皇宮。有人對她的侍女說上帝之母住在那裡，

因此侍女們不敢進去。皇后便獨自走進去，然後看見一株結了金蘋果的蘋果樹。決心要吃蘋果的她說：「吃不到其中一顆蘋果，我就會死掉。」侍女們想幫她偷顆蘋果，但沒有成功。皇后開始生起重病來，因為她想吃蘋果已經想到快要發瘋了。加倍努力的侍女們終於為她偷摘到了一顆蘋果。她吃下後開始嘔吐，然後突然覺得自己已經懷了六個月的身孕。

這是個奇特的母題。通常在童話故事裡，女人在吃這種神聖蘋果時才會開始懷孕。但我們故事裡的皇后並不是吃了金蘋果才懷孕的；她是突然發現或覺悟自己早已懷孕六個月了。那孩子因此極可能是皇帝的骨肉，因而擁有正當合法的地位。但皇后在此之前顯然對此一無所知，可說既懷了孕、也未懷孕。她只在吃蘋果嘔吐時才有所曉悟，但懷孕的大半過程都已發生了。我第一次遇到這麼奇怪獨特的母題；在探討它之前，我想先討論那株蘋果樹。

就西方的神話來說，我們首先當然會聯想到伊甸園裡的那株善惡知識樹。聖經並未明指那是蘋果樹，是基督教神話把它變成蘋果樹的。夏娃偷了一顆蘋果，因而替人類啟動了意識的可能性和死亡的必然性。在死亡的襯托下，生命才變為真實。

另一個重要的蘋果樹意象與海絲佩拉蒂絲仙女們（Hesperides）所守護的金蘋果園有關，而那裡的金蘋果也必須用偷的方式才能取得。海絲佩拉蒂絲蘋果園位於太陽降落的極西方，面向死亡並通往無意識。那裡的蘋果與伊甸園裡的不同，是金色的，跟我們故事裡的蘋果一樣。在某些版本中，萬

物之母把這樹賜給了希拉（Hera），當做她的結婚禮物。偷得海絲佩拉蒂絲蘋果園的金蘋果是大力士赫丘里斯（Hercules）的第十一項任務，也是他唯一需要以智取勝的任務——他必須設法先用智巧勝過撐天巨人亞特拉斯（Atlas），才有辦法偷到蘋果。由此可見，死亡與重生帶來的是意識與知識。北歐神話中的女神愛都娜（Iduna）種植了可讓眾神回春的金蘋果，使眾神能夠長生不老。蘋果島阿瓦隆（Avalon）——*apple* 一字即源自布列塔尼語（Breton）中意為蘋果的 *aval*——是亞瑟王死後被送往之地，而非他的出生地。使我第一次了解「死亡可以帶來意識」這矛盾語法之意義的，就是亞瑟王宮廷故事中的這個蘋果島。另外，未被邀請參加奧林帕斯山上婚宴的紛爭女神艾莉絲（Eris）把一顆金蘋果朝著婚宴丟過去，上面寫著「獻給最美麗的女神」幾個字眼。決勝最美麗女神頭銜的是希拉、雅典娜和愛芙蘿黛蒂（Aphrodite）三位女神。宙斯不願插手這樁事情，便把它交給了特洛伊王普萊恩（Priam）的兒子派利斯（Paris）。派利斯是牧羊人；由於他一出生就被預言將成為特洛伊的麻煩製造者，因此被普萊恩送到牧官那裡處死，但最後被牧官撫養長大。希拉向派利斯允諾權力，雅典娜允諾他在戰場上所向無敵，愛芙蘿黛蒂則允諾賜給他世上最美麗的女人。派利斯選擇了愛芙蘿黛蒂，後者便協助他偷走米尼雷阿斯（Menelaus）的妻子海倫，結果導致特洛伊戰爭的爆發。在這故事中，陰性本質的不同特質經由衝突被辨識了出來，因此可說意識必需透過蘋果才能變得更為清晰。

由於我們在船和船葬之事[19]已看到蘋果和死亡國度之間的奇特關係，我很想先進一步探討這關係。但我們這時也更清楚知道：船本身就帶有強烈的死亡性質，蘋果也一樣。這告訴我們，具有生育力也會導致問題——女人想生孩子，但死亡卻埋伏著等候她。

在為懷孕女人做心理分析的時候，我們往往發現，她們許多人都會想像死亡將至，並對死亡深懷恐懼。我們當然不能忘記十九世紀前女人因產難而死的比例相當高。在十六、十七和十八世紀男人的傳記中，我們也發現，當時的男人往往擁有十五個小孩和三個妻子，原因在於那時候沒有避孕丸。女人時時刻刻都在生孩子，而且常死於產難，並因長期不斷生育而身心俱疲。因此對她們來講，生和死一方面是原型事件，另一方面也是相當真切具體的問題。我也注意到，現代許多女人在懷第一胎時尤其會害怕生產之日的到來，並會想像自己即將死亡。但這些反應都是水面漣漪，是由更深之處的某種東西發動出來的。即使生產順利，即使一無危險而且她們也已安然渡過難關，奇怪的死亡母題仍然會出現在女人的夢境裡，彷彿暗示說：處女瑪利亞——未婚且無拘無束的女人、女人生命的某種特別形式——必須死去。因此，對女人來講，生育也代表了她自己生命的重生，自此她將不同於往，將不再是同一個女人，她的生命將有所改變。她在象徵意義上經歷了死亡和重生，也實際經歷了真實死亡的危險。

還有一個十分神祕的第三母題，神祕到你會笑我、認為我

是神祕主義的信徒，但我還是必須提到它。懷孕的女人常夢見某種東西——例如進入她們身體以製造小孩的線縷或原料——被嚴密守護在死者國度裡。如果你想用理性、簡化的方式來詮釋這樣的夢，你可以說，那東西顯然就是祖輩或曾曾祖父遺傳下來的基因物質，如今在女人體內正被織成一個小孩。名叫 DNA、源自幾百萬個祖先肉體的基因物質正在織出一個新小孩，因此那些細胞已經戰勝了死亡。這種詮釋女人夢境的方式，只能說純粹使用了生物學的簡化說詞而已。

我認為應該另用心理學的說法來做詮釋。對相信轉世的印度人來講，那很簡單：他們是從死者國度、從他們曾前往的中陰界（Bardo）投胎轉世而來。我還無法確定投胎轉世是否真有其事，只能說，懷孕女人的夢境——夢見小孩被孕育出來、在死者國度及祖先國度被製造或被織造出來（紡織是常見的母題）、隨後經子宮進入生命世界——實在非常奇妙。女人彷彿成了一種工具，可以從死者國度把某種東西帶回生命世界裡，而這裡所說的生命，其意義絕對大於生物學所解釋的生命。

因努特人（Inuit）會在小孩出生時把祖父母找來，看看小孩會先對誰笑，然後就給小孩取對方的名字。如果祖父母死了，他們會用其中一人的名字給小孩命名。如果小孩身體孱弱、經常哭叫，他們就說所取的名字不好，然後用另一個祖先的名字來命名，直到他們覺得適合小孩為止，而這個祖先就在這時重生到了小孩身上。即使這祖先還沒死去，小孩還是延續了他（她）的生命。因此，我們在此也看到某種過往元素流進

小孩體內的想法。懷孕的女人是被用來完成這神祕過程的船，她的身體被用來攜帶那神祕元素。這也就是她會想像或感覺死亡十分接近的原因。在我初開始分析懷孕女人的那些年，我有時會為她們感到害怕，怕不好的事或某種併發症會發生。但這麼多年來我也常發現，在完美的生產過程中，這種臨近死亡的經驗具有其他意義。用詩的語言來說，它意謂了走向遠方、走向生命所來自及生命在死後所歸往的那個未知源頭。

蘋果的雙重作用——引起紛爭和對立的就是這雙重性——也出現在我們的故事裡，因為整體悲劇和問題都與女孩被詛咒為貓、需要救贖有關。如果沒有蘋果穿插其中，這悲劇是不會發生的。因此很自然的，這故事可說與伊甸園故事最為相似。唯一能區分善惡的原是上帝；在偷吃蘋果後，人開始跟上帝一樣能知善惡。因此整個問題都跟人開始意識到對立、意識到上帝本身具有對立面向有關。但在還沒有討論貓之前，我暫時不會進一步討論這一點。如我們在第四章會發現的，貓是上帝之母的黑暗面向。（在此我可說有點迫不及待地預告了後面的討論。）

正如亞當和夏娃察覺到上帝具有光明和黑暗面（也就是說，善惡之對立存在於上帝身上），我們故事中的皇后也在吃下蘋果後發現了光明與黑暗的衝突。聖母瑪利亞的黑暗面、陰性本質的黑暗面突然彰顯了出來，整個紛爭也隨之發生。這兩個母題可說具有密切的相似性。

榮格曾為文討論煉金術中的賢者之樹。這樹會結銀色和金

色蘋果，但往往只結金蘋果[20]。煉金術的煉金過程有時會被比喻為種樹；受到辛勤照顧的樹會慢慢結出金色蘋果，而這些金蘋果就等同賢者之石。在這方面，黃金即意指長生不死，而重生便是長生不死的一種形式。黃金讓人聯想到永恆、永恆之事和不朽之事。在煉金術裡，黃金多半意指不朽的物質。

奇怪的是，人一吃下這不朽之物，死亡和紛爭就立刻降臨到這世界。紛爭、死亡和不朽立即相連起來並彼此相屬。這雖是令人難以接受的心理真相，但我們仍必須接受它。我們故事中的樹是使人更具意識的知識樹；皇后甚至用言語把這事實說了出來。她現在意識到自己懷孕了。她並非**開始**懷孕，而是**意識到自己現在已是**懷孕之身。無庸置疑的，蘋果的功能就在傳送意識。

這裡有另一個有趣的母題：皇后受到一種奇特渴望的挾制，因此生了重病，更在病中宣稱她若沒吃到金蘋果、就會死掉，使得侍女們不得不為她去偷摘一顆金蘋果。有名的格林童話故事〈長髮姑娘〉（Rapunzel）也有類似的情節[21]。一個女巫的花園位於一對夫妻的住屋後方，花園裡種有一種長著四片一體之星形綠葉的萵苣。懷孕的妻子說她想吃點那萵苣，並說如果吃不到，她就會死掉。大家都知道孕婦有時會生出很奇怪的欲求，並不是神話中才會出現的情節。在一般生活裡，我們常見到胃口突然大開的孕婦，而這當然跟生理因素有很大關係。她們的身體真的缺了什麼東西，因而出自本能地想吃到那東西。但傳統的民間故事卻認為，欲求逾度的孕婦會招來惡

運。〈長髮姑娘〉中的丈夫偷了萵苣，致使女兒在十二歲時被女巫（也就是花園主人）帶走並關在高塔裡。這女孩必須等候一個能救她的王子來到，然後才能脫離女巫的掌控。

這故事和我們的故事十分相似，但我們的羅馬尼亞故事卻出現了一個奇怪的轉折：聖母瑪利亞扮演了女巫角色。皇后的貪吃也招來惡運，但竟然是出自聖母瑪利亞的詛咒。如果皇后是在吃蘋果後才懷孕，那麼這故事應和許民間故事十分相似——故事中都有一個國王和一個不孕的王后；王后必須吃一種特別東西，例如她用自己的洗澡水在床下種出的兩朵花，或一隻青蛙要她吃下的某種東西。她在吃下這些東西後才會懷孕。

但在我們的故事裡，我們看到一個超自然受孕的母題、一個可比擬於基督誕生的母題（我在此對基督並無任何不敬之意）。就像多數童話故事中的主角，這小孩有神聖的起源，但她並不是神，而是由人類父母、由皇帝和皇后所生；她的神性是附加上去的。她不像基督那樣以女人為母親、以上帝為父親，也不像許多童話故事的男女主角那樣擁有一個非人的父親或母親（可能是半人半蛙，也可能是一株樹或一顆水果）。她本質上是正常人，具有人性；人性是主體，神性是後來加在她人格上的。不像宗教傳統中的基督，她永不可能被視為真實的上帝和完美的人。她是真實的人，但也是一個帶有神聖宿命的人。神旨把難題放在她身上，就是這一點使她不同於其他任何童話故事的女主角——後者的超自然面向和超自然誕生往往是

故事的重點，使她們更似如鬼魂或原型。我們的貓女並不像鬼，也不是原型；她甚至只是一頭家貓——她的行為剛好反映了這一點。

如果故事以凡人為主角，那意謂的是——從故事整體脈絡來看——問題離意識不遠。如果男女主角原本就是凡人，那代表問題原本離意識就很近。夢的母題也是如此。舉例來說，如果你的陰影原型以黑豹形象現身，那意謂它離意識相當遙遠。但如果你的陰影原型以某某太太的形象現身，你無疑應該知道那意指什麼。當陰影或阿尼姆斯以人形出現時，我會在分析療程中堅定告訴病人「你應該知道那是什麼！」或「你不知道它是什麼問題嗎？」我這麼做的理由是：在這種情況，病人應該已有能力知道他們的問題何在，而且他們應該已能意識到陰影和阿尼姆斯的意義。但只要陰影和阿尼姆斯是以其他形象出現，它們就仍然離意識甚為遙遠；我們或需要動用一些理論——可以這麼說——來試圖接近它們、找到它們的藏身之處。但如果病人這時說「你的詮釋很有趣，可是引不起我的共鳴，我也看不出其中的道理」，那麼你就不要再堅持，反要等到那陰影更加靠近的時候再說。在我們的故事裡，問題離意識不遠，想必是羅馬尼亞人已可用直覺感知到的一個問題。

我們曾把討論重點放在皇后如何吃了蘋果樹上的禁果、因而像亞當和夏娃一樣擁有意識而成為罪人的主題上。做為女人，她面向意識跨出了一大步；更明確來說，這代表她已更能夠感知陰性本質和生命之陰性領域的存在。這種感知所帶來的

第一個成果就是：皇后意識到她已懷孕了一段時間。

　　如果你研究未開化社會，你會發現，懷孕是部落的宗教神祕儀式之一，是每個女孩必須經啟蒙而走入的奧祕境界。一般來講，在月信初次發生時，她們必須像男人一樣經歷某些入門儀式，但主要是要進入懷孕生子的奧祕之中。生產因此被賦予了宗教經驗的意義；生小孩不是平常俗事，也不是與宗教無關的生物行為。但基督教——如天主教教會——對此則持有相反的看法。他們雖未禁止性行為或視之為邪惡，卻認為那只是必須被容忍的血氣天性；也就是說，在某種範圍內，肉體和天然生命可以被容許獲得若干適當關注。因此，性行為必須要有節制，必須發生在婚姻狀況下，而且盡可能以生出下一代為其唯一目的。只要發生在體制內，生孩子是件好事，也是讓人高興的事，無關乎犯罪，但絲毫不具有宗教意義。如要獲致最崇高的宗教造詣，女人就必須出家、成為沒有子女的修女；這才是更佳的生命形式。

　　基督徒女人在懷孕時不會有祝福儀式，生產時也不會有支援儀式，原因都在於這些經驗已被逐出了宗教領域。如果她因產難而死，她會獲得臨終儀式，除此之外就沒有別種儀式了。這表示生產屬於俗事，不歸宗教管轄，因而女人生命的這一部分完全失去了心理深度和心理價值，反被當成平凡無奇的生理事件。甚至連今天受過良好教育的女人也都還如此認為。我遇見過不少女人，她們為自己能在身為職業婦女的同時順便拎個小孩在身邊——這可是她們自己的說法——感到自豪，覺得這

方式對她們來講還挺行得通。但她們卻絲毫不覺得生小孩是什麼了不得而值得驚怪的事情。小孩雖然正常出生了，這些女人卻讓自己無從擁有深處領悟，也無從獲致宗教知覺、神聖知覺和原型知覺。這些知覺從未升起過；對她們來講，小孩雖是她們所渴望的，但也是一種平凡而無深義的生命附加品。

我深信小孩不應該在這種情況下出生，因為這世界並沒有用適當方式來歡迎他們的來到。如果對懷孕的女人做心理分析，你會發現，她們的無意識卻把懷孕之事當成重大的、原型的、甚至（我認為）靈性的事件。如我說過的，懷孕女人非常接近死亡和原型世界，會在神祕的夢裡夢到人類的起源，並在夢中獲得祖先之靈正在轉世的暗示。這些夢無不告訴我們，懷孕生子帶有心理神祕性，甚至帶有原型體現的可能性。但在我們的文化中，許多女人都無從體會那神祕性和可能性。這跟我們的父權傳統有關，也可以說跟女性意象被剝奪了生理面向、她的物性下半身有關。

皇后現在有了意識，但這卻侵犯到聖母瑪利亞的神聖國度，因而觸怒了上帝之母，使後者詛咒起尚未出生的小孩。根據我對童話故事的了解，沒有任何其他故事提到過聖母詛咒小孩。某些故事會提到冷淡的上帝之母，但那顯然是在平衡官方教義中上帝之母全然慈悲為懷的說法。我真的從未見過一個跟這故事相似的童話故事。懷孕的母親（如我們的皇后）想吃某種特別食物而招致女巫詛咒的母題，的確極常出現在童話故事中（最有名的就是格林童話中的〈長髮姑娘〉）。但在我們

的故事中，上帝之母竟出人意表地扮演了女巫的角色。

註釋

1　作者是從人類學家John Layard的一場演講聽到這故事。

2　Mircea Eliade, *The Forge and the Crucible: The Origins and Structures of Alchemy*, 2nd ed., trans. Stephen Corrin (Chicago: University of Chicago Press, 1978), 19-33.

3　譯註：本句原文有Thospis carriage一詞。Thospis一字來源不明，極可能是希臘戲劇創始者Thespis之誤。Thespis是第一個將古希臘人敬奉Dionysus的祭神儀式轉化為戲劇表演的人。

4　榮格寫道：「夜晚出航是一趟潛赴地獄之行（*descensus ad inferos*），也就是降入冥間、去到世界以外和意識以外的鬼魂領域，因此也是潛入無意識之旅。」見 Jung, *Practice of Psychotherapy*, 2nd ed., vol. 16, *CW* (Princeton, NJ: Princeton University Press, 1985), § 455. 另見 Jung, *Symbols of Transformation*, 2nd ed., vol. 5, *CW* (Princeton, NJ: Princeton University Press, 1990), §§ 308–368.

5　譯註：特土良（全名Quintus Septimius Florens Tertullianus，約於西元 155-240年間在世）以拉丁文寫出無數為基督教教義辯護的著作，被後世稱為西方神學之父。奧利振（全名Ōrigénēs Adamántios，約於西元185-254年間在世）為希臘學者及基督教苦行僧和神學家，與特土良同是基督教早期教父之一。諾斯底教派認為物質為惡、為幻影，因此否定舊約聖經中創造物質宇宙的上帝為真實上帝。真實的上帝純屬靈性，不可能藉道成肉身（也就是道透過處女之身降世為人、成為耶穌基督）來救贖人類，因此耶穌的肉身人形充其量只是真實上帝之靈的投影，並非實體。

6　譯註：指未包含在正統聖經文本內的經籍。

7　Montague Rhodes James, trans. *The Apocryphal New Testament: Being the Apocryphal Gospels, Acts, Epistles, and Apocalypses* (Oxford: Clarendon Press, 1945), 42.

8　有關「上帝詛咒之苦水」，見舊約《民數記》第五章第十一至三十一節。

9　見 St. Ambrose 在長論文 *De Institutione Virginis* 中所言：「如非聖母瑪利亞，這入口會是什麼……基督經這入口進入這個世界；祂透過處女產子來到這裡，而且確確實實從處女緊閉的外陰部破門而出。」

10　譯註：指耶穌基督。

11　見 Philippe Labbé, *Concordia sacræ et profanæ chronologiæ annorum 5691 ab orbe condito ad hunc Christi annum 1638*（Paris,1638）, vol. 3, 51. Johann Christian Wilhelm Augusti 在十九世紀曾將此著作內容做過不少摘錄（*Denkwürdigkeiten aus der Christlichen Archäologie*, vol. 52）。另見 Henry Hart Milman, *History of Latin Christianity* (originally published in 1854), vol.1,185. Milman 稱 Labbé 的書是「一個用無可翻譯之隱喻建築起來的瘋狂迷宮」。

12　同上。

13　Jung, "A Psychological Approach to the Dogma of the Trinity", in *Psychology and Religion*, vol. 11,

CW, §§ 169-295.

14 譯註：羅馬帝國在西元 285 年分裂為西羅馬帝國及東羅馬帝國。

15 Marie-Louise von Franz, "Matter and the Feminine", in *The Golden Ass of Apuleius: The Liberation of the Feminine in Man* (Boston: Shambhala, 1992), 211-230.

16 譯註：指一九五〇年時教宗庇護十二世正式批可「聖母蒙召升天」之說。參見本章前文。

17 Jung, "Answer to Job", in *Psychology and Religion*, vol. 11, *CW*, §§ 553-830.

18 譯註：此句為意譯。原文 archetypes constellate themselves 意指：各社會依其特有的自然和文化環境，會不自覺地透過具體意象為原本抽象的人類共有心理原型集結意義，進而形成該社會的集體無意識。

19 譯註：在亞瑟王故事中，亞瑟王屍體被放置於船上，順河流到阿瓦隆島。在島上三個神祕少女洗淨平復屍體上的創傷後，屍體從此不知去向。

20 Jung, "The Philosophical Tree", in *Alchemical Studies*, vol. 13, *CW* (Princeton, NJ: Princeton University Press, 1983）, §§ 304-482.

21 Grimm and Grimm, *Grimm's Fairy Tales*, 73-77.

神話中的貓

凱爾特人的一則傳說也提到,位於某個山洞裡的一座神諭之龕是由一頭躺在銀色臥塌上的貓守護著。貓因此是個中介者,是善惡之間的橋樑;牠了解兩者,才可以成為善惡之間的調停者。

牠也可成為內在和外在生命、神祇等超自然力量和人類之間的調停者。牠能前往兩極領域並熟悉兩者,因此牠可以傳達具有先見的智慧、教我們如何平衡互相衝突的價值觀。作為意識的象徵,牠是心靈中可以帶路的靈性存體──只要我們信任牠、尊敬牠、服從牠並追隨牠(無論牠把我們帶往何處)。

我們現在應該同時從神話和真實世界兩方面來思索貓及其衍生的意義（amplifications）。貓這個象徵最引人注目的地方是它的矛盾性：跟蛇一樣，貓的意象擺盪在仁慈和惡毒這兩種意義之間。

在人類歷史上，貓初被賦予原型意義是在埃及人開始視牠為神聖動物之後。貓取得神聖地位，這意謂的是：不僅牠天性中的所有黑暗面向都幾乎被清除一空，牠也與人的靈性生命連結了起來。埃及的艾希絲女神信仰很早就認為貓是神聖動物，但要直到埃及第二十二王朝期間，貓才成為偉大的貓頭女神巴絲帖，也就是艾希絲女神和她丈夫奧賽里斯的女兒，其地位超越了其他所有女神。她被稱為「布巴絲帖城的守護女神」（Lady of Bubastis）[1]，有水環繞著她位於城中心的神廟四周。

雖然巴絲帖是女神，但她常被人視同於她的父親拉（Ra）。正如埃及的其他神祇，奧賽里斯、拉和赫洛斯三者常被古埃及人視為同一個神。在貓女神被視同於生命之神（或太陽神）拉的時候，人們相信她每晚都在宇宙中跟蛇形的黑暗之神埃波非斯（Apophis）作戰。因此，在所有神話中，貓也是眾多以不同方式對抗邪惡的太陽神英雄之一。

但貓也被人崇拜為月神。據信在黑夜時刻，當人們看不到太陽光的時候，太陽光會反映在磷光閃爍的貓眼之中，就像太陽光反映在月亮上一樣。我們在這意象上看到的正是之前提到的陰性意識。

在古埃及晚期，巴絲帖跟狩獵女神（處女之身的原野女

神）阿提米絲（Artemis）合而為一；後者也是生殖力的象徵並主管女人的生產過程。根據某個神話的說法，當希臘眾神在蛇形巨人泰風（Typhon）的追趕下逃往埃及時，阿提米絲變身為貓並躲到月亮上。女神海克緹（Hecate）也曾變身為貓；如同嫁給太陽的條頓民族（Teutons）生育女神弗雷雅（Freya，其座車的駕駛就是兩頭貓），海克緹也象徵了陰性本質的邪惡面向：女巫、使人瘋狂偏執的恐怖母親（Terrible Mother）。

最後，到中古世紀時，貓開始被大眾視為邪惡勢力的象徵。有些女人據稱能把自己的靈魂依附在黑貓身上，藉以成為不再獻身於光明、卻獻身於黑暗和魔鬼的女巫。天主教信仰之所以會不正視本能、性慾以及——整體來講——大自然的陰性面向，其原因很可能就跟貓演變為具有毀滅性、代表動物本能和陰性本質的象徵有很大關係。事實上，黑貓可被視為聖母瑪利亞的陰影面向，是人們將自己想向教會報仇的無意識欲念往外投射的對象。由此可見，人類的認知基模如何建立了貓這原型的兩極屬性。現在，讓我們簡短討論一下貓的光明和黑暗屬性。

貓與意識及創造過程有很密切的關係。據信巴絲帖信仰中的縱慾雜交儀式可以增進植物、動物和人類的繁衍能力。然而，在月黑之夜進行的黑貓崇拜狂歡儀式卻只能說是不孕儀式[2]。與變成黑貓的魔鬼交合，是無法結果和綿延後代的，反而會帶來冰雹、暴風雨、農作災殃、動物死亡、以及人類無孕或性無能等等不幸事件。白貓是療癒者和哺育者，可以解毒、消

除發炎及強化復原能力。她的尾巴被廣泛用來治療盲人，而且眾人多認為貓的神力聚集在其平衡器官尾巴上。相反的，女巫的黑貓會毒害人心並使人的身體罹患疾病。魔鬼藉自己的化身來迷惑大眾，迫使他們屈從他的意志。

在民間傳說和童話故事裡，白貓能解放被壓迫者以及協助窮人或低下階層的年輕人。牠能運用機智和各種資源來推翻黑暗勢力，並帶來財富、權力和榮耀。黑貓常是災難的惡兆，給人帶來貧窮、失望和折磨。牠也是壓迫者、背叛者和偷竊者。坐在基督腳邊的貓象徵太陽（世界之光），坐在背叛者猶大腳邊的貓則象徵魔鬼。在正面意義上，貓跟蛇一樣與長生不死有關，因為蜷曲成圓形的牠據說擁有九條性命。但在負面意義上，牠蜷曲成圓的身體乃暗指「惡性循環」。由於牠的眼睛一眨也不眨、而且能在黑暗中視物，貓被人視為先知，具有先見之明和洞見。但反過來說，貓眼也暗示了蠱惑能力，能使受害者動彈不得。由於貓具有獨立不拘的性格，人們把牠跟聖母瑪利亞連結了起來，但同時──如我們已見到的──也把牠跟女巫連結起來。貓是療癒者及人類的僕人，但也被認為是施咒者、蠱惑者、和吸血鬼。

貓還有另一個面向，使牠得以位於上述的兩極之間：貓是中介者。根據諾斯底教派的信仰，貓是伊甸園生命樹（也就是提供善惡知識的那棵樹）的守衛者。同樣的，埃及的太陽神貓也與代表生命和意識的油梨樹（persea tree）有關。凱爾特人（Celts）的一則傳說也提到，位於某個山洞裡的一座神諭之

龕是由一頭躺在銀色臥塌上的貓守護著。貓因此是中介者，是善惡之間的橋樑；牠了解善惡，因而能夠調解兩者之間的衝突。牠也成為內在和外在生命、神祇之超自然力量和人類之間的調停者。牠能前往兩極領域並熟悉兩者，因此牠可以傳達先知般的智慧、教我們如何平衡互相衝突的價值觀。作為意識的象徵，牠是心靈中為人帶路的靈性存體，只要我們信任牠、尊敬牠、服從牠並追隨牠，無論牠把我們帶往何處。

最後，讓我簡短談一下貓祭（cat sacrifice）這個題目。貓祭的目的似要摧毀人類自己不敢面對而投射於動物身上的心理面向，不論這些面向是否與光明或黑暗的心理經驗有關。對偉大的無意識來講，貓祭是具有補償作用的必要作為，讓人可藉以擺脫任何原型中邪狀態而得到復原。我們發現，曾隸屬羅馬天主教的法國、英國和其他地方都有過貓祭儀式。坐在十字架腳邊、象徵基督——即象徵光明、療癒和救贖——的白貓必須像基督一樣成為獻祭中的犧牲品，以便重獲新生。與太陽相屬的貓是雄貓；在童話故事裡協助英雄（主角）的貓都具有——如果我們確切定義牠的話——靈活機智的特質，例如〈長靴貓〉故事中的貓。在這些童話故事裡，貓是靈魂的嚮導，知道如何帶路。牠與太陽相屬，而且就像莫丘里阿斯（Mercurius），恆是太陽的得力幫手。這與母貓的性質相當有別。母貓具有月亮和巴絲帖的特性，跟生殖力之類的事情息息相關。

貓源自埃及。所有的貓最終都是埃及貓的後代，在此之前

牠們是不存在的。埃及人視貓為神聖動物，甚至似乎至今仍視之為益友。在一本自傳小說裡，阿嘉莎‧克莉絲蒂（Agatha Christie）[3]提到她跟隨她身為考古學家的第二任丈夫到埃及去從事挖掘研究[4]。由於他們居住的小茅屋受盡大、小老鼠的騷擾，他們開始慎重考慮離開那地方。他們放置毒藥並用盡了其他種種方法，但就是無法趕走那些老鼠。最後他們對阿拉伯酋長抱怨，但後者僅僅說：「啊，那很簡單。」第二天傍晚他帶了一頭非常龐大的貓過來，對他們說：「這就可以解決問題了。」他們一整個晚上不斷聽見撲踏和吱吱叫的聲音，然後老鼠在三天之內就完全不見了蹤影。阿嘉莎‧克莉絲蒂對貓為人類所做的貢獻感佩到五體投地，而此時我們也能了解貓何以那般神聖了。當人在黑暗中、在夜晚感到無助時，貓會是真正的保護者和幫手。因此，為了符合本書的主題，我將特別強調母貓、她的月亮特質、她做為保護者的意義。

埃及女神巴絲帖絲毫不帶有女巫特性。她的黑暗面向與亡者國度和月亮國度（也被認為就是亡者國度）有關，但她不具有任何邪惡性質，而是一個極為正面的原型象徵。她與生殖力、民間慶典、音樂有關。艾希絲使用的樂器叉鈴（sistrum）一向讓人想到貓，而且埃及考古挖掘隊也發現了許多與叉鈴同葬的貓。貓之所以和音樂有關，原因在於牠們會在夜晚高唱動聽的情歌（現代人當然可不這麼認為）。

巴絲帖一向被人認為與節慶歡樂息息相關。例如，在以她為尊的慶典上，人們會乘著平底舟順著尼羅河而下，然後女人

們會背過身體、掀起裙子向岸上鼓掌歡呼的群眾露出她們的臀部。這是崇奉巴絲帖慶典中的歡樂時刻；生殖力崇拜、性儀式、甚至淫蕩都是慶典的主題，而且全都具有正面意義，因為巴絲帖絲毫不帶有黑暗的女巫特質。如前面提及的，日耳曼神話也把貓和極具正面意義的弗雷雅女神聯想在一起。

　　直到基督教時代，貓的魔鬼面向、女巫面向才受到眾人矚目。這是父權驅逐陰性陰影面向的結果；貓從此被視為行巫術之獸、邪魔之獸或吸血鬼。人們舉行儀式來吊死邪惡的貓（與迫害女巫的方式一致），並理所當然自認有能力驅逐邪惡。然而，在這些作為中，他們不過是把邪惡先投射到貓的身上，然後再以此為藉口把貓吊死。貓具有十分堅強的生命力，能在最不可思議的意外中毫髮無傷倖存下來。牠們從高處落下時可以四腳著地，具有無比驚人的生命力。我小時候家中養了貓和狗，狗常需要去看獸醫，貓卻從來沒有。後者總能在最可怕的狀況中安然存活下來。

　　我們也需要提到貓的獨立性格。善體人意和忠心耿耿的狗已經成為人類的貼心朋友。如果你開車到荒野並把狗遺棄在那裡，大多數的狗都會死去或至少變得萬分悲慘沮喪。相對之下，貓在荒野中可以輕易展開新的生活，並不需要人類為伴。貓跟人的關係從來就比不上狗跟人的密切關係。我在青少年時期常發現貓很會諂媚人而覺得牠很好玩。例如，牠想向我要食物或想要我撫摸時，牠會直接走過來，然後翹著尾巴、依著我摩摩蹭蹭。有時候我沒時間而對牠說：「走開，我要讀書。」

貓就回答一聲「好吧」，然後開始用牠的身體去摩搓椅子，似乎在說：「你如果不摸我，我就自己摸自己，沒關係的。」狗在這種情況中則會大表傷心，並會用譴責的眼神望著你。你萬萬不可用這種方式對待狗的。但貓只會顯出「喔，算了」的表情；牠絕不會把牠的靈魂交到你的手中。牠很友善地利用我們，但永遠是獨立個體。

你會發現，不獨立的女人常做跟貓有關的夢，只因為她們就像忠狗一樣過度依附在丈夫兒女的身上。我總會向她們強調貓的作為、貓知道自己要什麼而自行其是的風格。貓在餵食時刻會走過來並對你顯得十分友善。但牠想離開時，牠會說聲「喵」，這時你就得放手讓牠走。把貓囚禁起來是非常不人道的事情。你可以把狗困在公寓裡，但把貓困在公寓裡而不讓牠出門，那可說殘忍之至，因為貓不可缺少獨立自由的活動空間。牠需要四處遊蕩、過自己的生活。當然，如果牠們亂跑而生出太多小貓，那也會造成問題，因為貓瘟就可能隨之發生。貓的這個負面面向就是使牠們成為獵巫歷史一部分的原因。

我們現在要問：聖母瑪利亞又跟獵巫歷史有什麼關係？榮格曾在《心理類型》一書中對此做過解釋[5]。在聖母信仰興起和傳播之前，有一種宮廷愛情（courtly love）現象十分盛行，宮廷男女們互相追求並建立起愛情關係，可說就是後世個人主義異性戀的濫觴。如我們所知，在宮廷愛情中，騎士會選擇一個貴族女人，然後用最英勇的作為來為她服務。這位被選中的女人往往代表阿尼瑪，也就是男人心目中的某種女性典範。

我們都聽說過若干這樣的名女人。當然,宮廷愛情未必是柏拉圖式的精神之愛,因此高尚的貴族圈裡出現了許多某某侯爵和某某公主生下的私生子。這當然會造成許多問題,教會因此就頒布了一個屬於意識世界的敕令,要求男人不得選擇個別女人作為他們的愛情對象,而必須把他們的武器和英雄作為獻給聖母瑪利亞。

教會到處宣揚這個敕令,並因為情況嚴重失控而開始壓制宮廷愛情。就在宮廷愛情完全遭到廢止並被聖母瑪利亞的信仰取代後,獵巫行動就開始出現了。榮格認為,這與宮廷愛情接納男人的阿尼瑪和女人的個別性有關。宮廷愛情屬於某個騎士和某位女士的個人領域;男人選擇了自己所愛的女人,因而有可能學會了解他的阿尼瑪,而女人也有可能發展出她自己的個別性。在用集體原型象徵——聖母瑪利亞——取代個人選擇後,個人因素便消失了,只有集體共有的陰性意象被保存了下來。

這比後來連集體陰性意象都加以排除、只知壓制女人個別性的基督教新教信仰(Protestantism)要好得多,而西方獵巫史就是從新教開始的。如果研讀女巫審判的記載,你會發現,被指控為女巫的女人一般都具有某種獨立思考的能力。有些女人是窮困的瘋子,例如瑞士最後一批女巫顯然都具有類分裂型人格(schizoid),都是一些不停喃喃自語而顯得可笑怪異的老女人,因此招來他人的心理投射而被視為女巫。在較早時代,美麗的女人或非常吸引男人的女人也會遭到迫害,原因在於她

們顯然引動了其他女人的嫉妒心以及男人心中的恐懼感。具有某種獨特個性的女人，或跟一般女人略有差異的女人，往往就成了心理投射所認定的女巫而遭到處決。

隨著時間的推進，獵巫和迫害獨特的女人這兩件事合流為一，並開始壓抑一個事實：男人本身就有能力實現他心中阿尼瑪所擁有的個別性，而不需要透過一個集體原型基模──聖母瑪利亞的意象──來實現它。種種迫害隨之而起，醜化貓的運動也一秒不差地在同一歷史時刻展開，頓時之間貓就開始被描繪成了行巫術之獸、災難之獸、惡運攜帶者等等。這種心理投射尤其會落在黑貓身上；即使在今天，人們仍然覺得撞見黑貓是惡運之兆。貓因此跟陰性本質所具有的自主性和個別性有了關係。

我們現在可以知道貓是聖母瑪利亞的陰影面向。牠是官方聖母瑪利亞意象無從象表的陰性面向，然而這面向卻屬於陰性本質之完整意象的範疇。因此我們可以說，聖母瑪利亞本身就具有貓的陰影面向。在我們的故事中，皇后在吃下蘋果後才得以參透那藏於陰性本質深處的善與惡奧祕。與其說張力位在善與惡之間，不如說張力位在非個人的集體無意識和個人獨特的生命力與天性之間。這是陰性領域中另一種常見的典型對立。因此聖母瑪利亞詛咒尚未出生的女孩，要使她變成一頭貓。

在童話故事中，既定的權威──上帝、三位一體之神、聖母瑪利亞、甚至地獄中的魔鬼──總與小孩為敵。這意謂的是，這些權威想阻礙未來發展，而這類阻滯常出現在童話故

事中。體制化的上帝意象、體制化的宗教原型系統和意象都有一個危險：阻礙進一步發展。這就是聖母瑪利亞的詛咒沒有落在皇后身上的原因。她可以因皇后偷吃蘋果而詛咒她，但她卻詛咒了皇后的小孩。這代表她不想讓陰性本質的新形式發展出來。女孩變成了貓，但未料這卻恰好是陰性本質的新形式。

聖母瑪利亞也詛咒了小孩的所有僕人，使他們跟她一起變成貓；要直等到某個王子前來割掉她的頭和尾巴的那天，他們才能恢復人形。我們會在公主尾巴被割掉時再回頭討論尾巴這個意象。我覺得非常有趣的是，尾巴竟是真實力量的所在。當然這往往也是實情，例如狐狸尾巴和狼尾巴就被人認為具有強大魔法。其他許多動物的尾巴也都被認為是魔法的來源。

儘管受到詛咒，我們的貓女並沒有覺得不快樂，也沒有被迫過著悲慘的生活。她和她所有的僕人住在森林裡的皇宮裡。她有自己的生活，只是失去了人形，與人類社會失去了聯繫，被放逐到大自然中，不再過著人的生活。我們現在知道，故事的這一部分實與發生於十二、十三世紀的事情互相呼應：女人的個別性不再被容許存在於官方所認可的人類生活範疇，只能祕密存在而無法得見天日。

皇后返回家裡，皇帝在發現她懷孕時感到十分高興。她生了一個美麗的女孩，人人都為之歡欣鼓舞。你可以直視太陽而不會變瞎，但如果你注視這女孩，她的美麗會刺瞎你的眼睛。她正常長大，但在滿十七歲那天，當她正和父親共進午餐時，她突然變成了一頭貓並和僕人們一起失去了蹤影。

我們在許多童話故事中都可發現類似的情節。我在幾年前研究過一個希臘童話故事，其中的公主也受到類似詛咒。在公主十六歲之前，她的生活堪稱無憂無慮，但一到十六歲，她就被帶往沙漠區域，必須在那裡一直受苦到被人救出為止。在那時代，十六歲應該就是女孩準備結婚的年齡。如果她人格中的愛欲較具自主性，衝突就會在她應該結婚的時候顯現出來。如果她注定要成為一頭貓，那就意謂：她注定要成為一個個體化、具有自主人格的女人。

　　皇帝的女兒當然沒有選擇結婚對象的自由，因為在當時的貴族社會裡，女孩的結婚對象是由家人安排的。陷於衝突的公主因此突告失蹤，不願被迫接受父母所安排的結婚計畫。她與生俱來的心性就是要使她的陰性本質經歷個體化，而非強迫它去合入傳統模式。當然，那也跟性意識萌生有關。在某種程度上，變成一頭貓也許只意謂著：在愛情出現前，她——如果我們現在想像她是一個真實的人——應該會一直是個未經世故、天生自主、天生與陰性本質密切連結、成長於傳統環境、討人喜愛的女孩。要直等到性意識出現的那一刻，她才發現愛情原來也是她個人必須為之做出抉擇的事情。

　　愛情攸關我們個人命運的或好或壞。我們也許會做出錯誤的抉擇，但愛情畢竟是個人命運，不應由集體規範來加以安排。那種安排必會引起衝突的。因此，故事中象徵陰性本質的公主必須像她的貓一樣，去追隨或被迫去追隨她的自主天性，因而在人世間消失了。如我們所知，她去了森林地區，住在森

林內的皇宮裡，沒入無意識之中。

　　森林尤其會讓我們聯想到肉體無意識。榮格在〈靈性水銀〉（The Spirit Mercurius）[6]一文中指出：它指的是心靈的身心交會區域（psychosomatic realm）。我們在讀童話故事時要小心注意，比如：如果有人消失於海上，那是指他沒入集體無意識中；如果他消失於天空或淹死於河水中，那也是指他沒入無意識中。我們因此有必要確切知道：公主到底消失到無意識的哪一面向去了？

　　我們一般都認為森林跟植物有關。正如榮格在〈靈性水銀〉中指出的，植物生命直接來自無機物質並從後者吸收養分，是最先出現的生命形式，因此它通常象徵心靈的植被區，心靈在那裡融入肉體的物質作用中。我們今天稱這個所在為身心交會處，因為我們已不再認為有什麼東西是純屬心靈或純屬物質。這裡有一個我們很少探討的中介領域：你沒入肉體，然後在那裡變成植物。如果我們故事中的貓是真實人物（但她不是，而是原型），她當會陷入他人無從理解的沮喪和漠然心態中，如同植物人。但由於她是原型，那就意謂：原型已沒入植物狀態，走入地下，潛入人的肉體（或近乎肉體之事），然後在那裡住下而不知何時可以獲救。

註釋

1　譯註：古埃及人有時亦稱女神巴絲帖（Bastet）為 Bubastis。

2　譯註：根據中古世紀天主教教會的指控，巫術中的魔鬼崇拜儀式包括入門為魔鬼信徒、

縱慾狂歡、參加者親吻一頭為魔鬼化身之大黑貓的肛門、同性性交等等。

3　譯註：阿嘉莎・克莉絲蒂（1890-1976）為英國著名的偵探小說作家。

4　Agatha Christie, *Come, Tell Me How You Live* (London: Collins, 1946), 80-81.

5　Jung, *Psychological Types*, vol. 6, *CW* (Princeton, NJ: Princeton University Press, 1990), § 399.

6　Jung, *Alchemical Studies*, vol. 13, *CW*, §241. 譯按，Mercurius 一字亦指古羅馬神話中集各種雙重身分之主神莫丘里阿斯。煉金術士用其名字稱呼金屬水銀（mercury），認為水銀是受困或隱藏於物質中的世界創造者，其性質模稜兩可，既具靈性，也具物性（或肉體性）。

眾王國

亞麻布一方面與純潔有關，一方面又與被玷汙、
被下蠱的可能性連結在一起。如此說來，我們酗
酒皇帝所想像的阿尼瑪太過於純潔、太不切實
際、太細緻、太理想化、太美麗、太絲毫未受邪
惡的汙染。宗教審判者和獵巫者也是如此想像阿
尼瑪。

我們內在的種種心理過程交織成一個連結網、一
個聯想之網，而我們的情感過程也交織成連結
網。紡織成品也多出自人的想像；它也是一種聯
想形式、也在做連結。心理意象之連結網可以創
造人的命運；你在從事積極想像時織出的一塊布
之所以會與你的終極宿命有關，是因為人的無意
識想像總在創造他的宿命。

當女孩變成貓並跟她的僕人一起消失時，童話故事突然喊停並轉場到陽剛性質的王國，然後出現了一個新主題：

　　然後，遠方有個國家，它的皇帝有三個兒子。死了妻子的皇帝早就開始酗酒。由於想打發走自己的兒子，他把他們都叫到跟前，對他們說：「我命令你們完成幾樣事情。你們當中誰有能力，誰就得為我找到一塊細亞麻布，細薄到可以讓人把空氣吹透它並把它穿過針眼。你們每個人都得給我帶回一樣禮物，好讓我看看誰是最偉大的英雄。」

　　三個兒子便出發冒險去了。我們現在要分析一下這另一國度的意義。這裡有一個由男性組成的四位一體（quaternity），其中的父親因死了妻子而酗酒。皇帝一般來講代表統治群體的最高精神原則，是群體生活的主導者，而我們的故事卻在這裡出現了第二個主導者。我在前面說過，不同王國有時會出現在同一個故事裡，意謂某一文明已經分崩離析，以致山頭林立而各有各的主導者。我們可以說，在這童話最初成形的時代，主導群體生活的第二個精神原則已經出現，但它與無生育力的陰性本質——如我們在故事前半所見者——無關，卻與消失的陰性本質有關。

　　皇后已經死了，這代表什麼意義？由於故事提到聖母瑪利亞，這故事無疑出現於基督教——有可能是基督教新教——的時代。但新教在羅馬尼亞從未扮演過任何重要角色，也從未真正融入它的文化。在故事中，我們一方面看到陰性本質失去了孕育能力，另一方面看到陰性本質遭到泯除。我認為，後者

是出現於教會內部的一個新發展，因為教會已經開始與陰性本質為敵，甚至波及以至尊聖母馬利亞為形式的陰性本質。教會某些圈子裡出現了大聲抗議的聲音，認為聖母瑪利亞並不值得那樣備受尊崇，並認為教會不應鼓勵聖母論（Mariology）的研究。舉例來說，許多經院派教士（scholastic teacher）——如耶穌會教士——就不鼓勵信徒崇拜聖母瑪利亞。教會已逐步往兩個非常不同的方向走去。在我們的故事中，我認為，第二個王國事實上象徵了當時主導教會、使之進一步摒棄陰性本質的陽性宗教意識。

完全以男性觀點論事的經院哲學就是很好的例子。在經院哲學的權力架構中，陰性愛欲是不存在的，以致諸多迫害異端分子的諭令得以成形。這些諭令唾棄能夠連結他者的愛欲；更有甚者，它們僅與男性如何取得政治權力有關，或僅與唯智思考有關。相反的兩股勢力同時存在於教會中。就在教宗宣布聖母升天之際，有不少樞機主教和主教立即跳出來大大反彈。他們指責教宗、對事情的發展大表遺憾、並用十分嚴肅的口吻說：「這不是教會目前需要做的事情，這軟化了我們的立場，我們應該像花崗岩一樣堅持告解之必要……」

因此，第二個王國應是一個失去陰性本質和皇帝酗酒的世界。在宗教審判的時代，那些迫害異端和女巫的男人無不神智不清，彷如狂飲了錯誤的靈性之酒。如果你讀那時代的記載，你會發現那些男人莫不深信自己就是正義的化身、正在為這世界剷除邪惡。這種錯誤的靈性——就像酗酒問題——多半跟人

失去真實靈性有關。因此酗酒行為實際上表明了一個事實：男人在阿尼瑪退化、自覺無力時會不顧一切尋求靈性的替代品。

酗酒到最後，男人會自覺是悲劇主角，因而變得十分善感、脆弱不堪、滿腹怨言牢騷、講惡毒的話、然後心理崩潰。他們受到阿尼瑪的挾持，因而任憑情緒擺布他們。如果沒酒可喝，他們會覺得沮喪並充滿恨意，然後他們的被棄情結就開始發言：「沒人愛我；我喝酒，是因為沒有人愛我；我喝酒，是因為我悲傷到只想喝酒。」這是他們負面阿尼瑪所講出的話。當然，這情況只會發生在悲慘、極端的個案上，但你在此也可以發現阿尼瑪是如何因酗酒而退化的。失去阿尼瑪的男人無從與人在情感上連結，因此他們現在毫無感情關係可言。是退化的阿尼瑪造成酗酒，還是酗酒造成阿尼瑪的退化？我們不知道答案。不管何者是始作俑者，酗酒和退化的阿尼瑪總會一起出現。我們的皇帝現在想趕走他的三個兒子。

國王或皇帝常會派他們的兒子去完成某些任務。但他之所以這麼做，通常是因為他不知道該讓哪個兒子來繼承王位，只好藉完成任務與否來決定誰是繼承者。我們的皇帝後來也這麼做，但此刻還沒有。他可能醉醺醺到根本不知道自己懷有什麼目的，因此故事只說他為了打發兒子而派任務給他們。他不再是丈夫，也不再是真正的父親。也許兒子們有時會說：「爸爸，不要喝那麼多！」也許他們會拿開他的酒瓶，使他因此心生不滿而想把他們趕走。我們再次看到：停滯不前的老化陽性本質不想再跟未來可能性（他的兒子們）合作。他寧可阻礙那

可能性，並壓制任何可以導向未來的事物。但皇帝還算擁有某種頗具創意的幻想：他要他們帶回細亞麻布給他。

亞麻是一種純植物纖維，因而在古時被用來製做成教士和法師的衣物。在日耳曼民族——如挪威——和凱爾特民族的宮廷裡，它被當作辟邪之物。鬼（尤其水中幽靈）據說能洗滌和漂白亞麻。某些故事裡的侏儒和森林少女穿著亞麻布衣服，有時也會把亞麻布當成重禮贈送他人，或把亞麻布塊變成金塊。如果亞麻布是由一個女性水中幽靈贈送的，人將可源源不絕使用它，因為每次使用後，它總會留下一碼，然後會有個蛙形小幽靈坐在那一碼上面。亞麻常象徵薄雲，而後者又象徵靈性。亞麻具有療癒功能，如愛爾蘭人會用純亞麻布先行包裹將要使用的特殊藥物。亞麻布也可直接當作藥品，或被用來移轉或捕捉疾病，例如，人們會把亞麻布敷在疣上或其他受感染的皮膚區域，再將它放入棺材裡。在德國布蘭登堡，新生嬰兒必須被裹在純亞麻布裡，否則他（她）以後會忙於追逐異性。

捷克人會把小孩包裹在亞麻布裡，然後把孩子放在桌下，希望他（她）會成為聰明的人。德國北方的人會在新年夜晚，拿著繼承來的或裹屍用的白色亞麻布去卜問未來；夢見白色物件（也就是夢見亞麻布）就意謂死亡將至。在羅馬尼亞的傳統中，夢見亞麻布意謂人將要遠行，而亞麻布是否攤開或捲起會分別代表不一樣的重要意義。

就我們的故事來講，由於故事特別強調了亞麻布的細緻和透明，因此它屬於神靈世界而且和靈性世界有關。我們也常在

其他故事中發現亞麻跟某些女性神靈有密切的關係，因此我們也可把它當成萬物之母的必用物品。只要想一想以紡織為主要特色的萬物之母——例如編織命運的三女神（北歐神話稱之為 three Norns，羅馬神話稱之為 Parques）——我們就會發現，這故事中的細亞麻布也意指了某種特殊命運，某種在靈性領域內被紡織而成、以治療時代之病為其靈性目標的天命。

在格林童話〈三隻羽毛〉（The Three Feathers）中，國王派他的兒子們去尋找亞麻布，找到它的人就可以繼承王位[1]。但當他們把亞麻布帶到他跟前時，他說那只是個開始，他們還必須找到最美麗的新娘。那故事中的亞麻布只意謂人與陰性本質有了初步連結，僅是一條讓人可依循著去找到美麗新娘——陰性本質之象徵——的線索。

我們的故事則出現了中斷，使上述母題無以發展。失去妻子的酗酒皇帝想得到亞麻布，這代表什麼意義？亞麻布和命運（fate）、宿命（destiny）、陰性本質有關。相較於羊毛，它是植物性的東西，因而十分純淨。畢達哥拉斯及其追隨者（the Pythagoreans）只穿亞麻布衣服，絕不穿羊毛或羊皮製的衣物[2]。這也跟它的透氣性有關——它能移轉或袪除疾病。但愈純淨的事物也就愈容易受到玷汙。有些民間信仰就持有類似的看法，認為純潔的小羊最容易被女巫施以法術。對農業社會來講，最容易被下蠱的就是牛奶，而牛奶象徵了無邪和純潔的思想。

因此，亞麻布一方面與純潔有關，一方面又與被玷汙、被

下蠱的可能性連結在一起。如此說來，我們酗酒皇帝所想像的阿尼瑪很可能太過於純潔、太不切實際、太細緻、太理想化、太美麗、太絲毫未受邪惡的汙染。宗教審判者和獵巫者也是如此想像阿尼瑪。你如果曾跟這些迫害者談過話，你會發現他們一再強調：女人必須純潔、女人必須嚴守貞操、女人必須服從她們的丈夫。他們用嚴苛而毫無人性的理想標準去要求女性，並認定任何不合這種理想的女人就是女巫。這也讓我們看到，人如果越是具有這種謬誤的純潔幻想，魔鬼、死亡和邪惡就越容易滲入這幻想。這情形不僅發生在中古世紀教會的身上，也發生在（舉例來講）十九世紀英國盎格魯薩克遜人的高尚社會裡。這高尚社會講求理想「淑女」：淑女不說髒話，不生氣，甚至不曉得她身上長了肚子和生殖器。淑女不能談這類事情，因為「肚子」是禁忌字眼，不可從她的嘴巴冒出來。這就是亞麻布，就是男人幻想中的阿尼瑪。想依照這理想做人處事的女人真是苦不堪言。我們許多人在成長期間或許都曾被要求成為淑女——回想起那些往事，多讓人不勝唏噓啊！

在這背後指使一切的是一個好色老男人、一個邪惡酒鬼。在有了一個美麗的媳婦後，他所做的最聰明之事就是在她身後伸出魔爪，跟那些滿懷淑女幻想、但滿肚子齷齪的上流社會男士們毫無兩樣。從皇帝在故事末的行為舉止來看，他就是個齷齪老頭，但他卻多情兮兮地幻想著淑女。我認為這並不值得我們多予置評。在基督教發展的晚期，純潔、理想淑女的想像支配了男性心理，而同一時候，無所不在的地下嫖妓文化讓男人

們可以背著他們的阿尼瑪樂活逍遙。他們娶淑女為妻之後就往妓院跑，因為跟淑女一起生活顯然不是多麼有趣的事情。可以說，在我們的文明中以及在男人的阿尼瑪幻想中，陰性意象根本不具有完整性。不僅男人的阿尼瑪不完整，女人自己也不完整，因為她們無從做自己，只能依照著集體思維去做人處事。

任何紡織品都是一張織圖。德國人會使用「被紡織成的生命形式」、「命運之織線」、「生命之織線」這些表達用語。但心理學家會怎麼稱呼它？愛欲會在個人和他人之間織出連線，但也在個人內心織出連結。「連結」（connection）是一個很恰當的用詞，例如，我們所說的「聯想之網」（web of associations），是指稱一個由原型之所有衍生意義形成的連結網。這些意義全部互相連結和交織在一起，而榮格之所以會說原型都受到汙染（contaminated），理由無他：拉丁字 *Contaminare* 的意思就是「交織」。我們內在的種種心理過程交織成一個連結網、一個聯想之網，而我們的情感過程也交織成連結網。我們做出無數連結，但多半透過想像中的意象做連結。紡織成品也多出自人的想像，也是一種聯想形式，也在做連結。心理意象之連結網可以創造人的命運。你在從事積極想像時織出的一塊布之所以會與你的宿命有關，是因為人的無意識想像總在創造他的宿命。

宿命之網是由人自己的無意識想像所織成的。在分析治療中，有些病人會抱怨壞運道一直跟隨著他們：他們總遇不到好的同事或朋友、找不到對的工作、做出錯誤的選擇等等。如果

更深入分析他們，你就會發現他們不斷告訴自己：「我向來就知道會出問題；我就是知道。」他們的阿尼姆斯或阿尼瑪早已編結好了一個想像，也就是好運永不可能降臨在他們身上。那就像一個詛咒、一個他們註定要做錯事的宿命。當他們從一個不好的情況進到另一個不好的情況時，他們總有一種感覺：「我早就知道事情會很糟糕，我不可能有好運道的，我總跟壞事有緣。」如果你能從他們心底鈎出這類具有破壞力的想像、使他們能察覺到它，你才有可能破除那魔法，讓惡運不再發生在他們身上。總而言之，紡織之意象跟具有心理暗示力的無意識聯想、無意識想像有關，也跟我已經提到的所有原型衍生意義有關。

我們故事中的三個兒子離開了皇宮。在分手前，他們為最後的相聚辦了一席惜別盛宴，然後就各自上路了。第一個兒子到了一個讓他找不到東西吃而挨餓的地方，但他有一匹馬並和馬一起存活了下來。俄國有一個跟這很相似的童話故事：沙皇的三個兒子出門上路後來到一個告示牌那裡，上面寫著：「向右方騎去的人會挨餓，但他的馬會有足夠的食物吃。向左方騎去的人會有足夠的食物吃，但他的馬會挨餓。向前直騎而去的人會遇到死亡。」[3] 長子向右方騎去，然後帶回一條銅蛇給他父親，卻因此被趕出了家門。次子向左方騎去，結果找到一家妓院並愛上了一個妓女，從此就沒有回家過。最小的兒子往前方直騎而去，歷經險難後終於成為沙皇。他是故事主角；他只經歷了象徵性的死亡，並沒有真正死去。

我們故事的母題實際上跟這俄國童話故事的母題是一樣的，但並不那麼明顯。長子去到一個讓他因找不到東西吃而挨餓的地方，但他有一匹馬。這匹馬有東西可吃，因此他繼續前進，結果只找到一頭小狗。次子有東西可吃，但他的馬沒有。他找到一小塊亞麻布——如果使盡力氣的話，人可以設法把這塊亞麻布穿過針眼。三子在森林裡遇到可怕的暴風雨而迷了路，跟俄國故事裡遇到挑戰的的主角非常相似，但他的成就是找到公主、美麗的瑪利亞。向右方騎去的人沒東西吃，但他的馬有，因此他找到的東西不多。向左方騎去的人有東西吃，但他的馬沒有，因此他找到的東西也不多。

騎馬者和馬象徵的是：一個由動物本能載著行動的人。我們的次結構體（sub-structure）——也就是我們身體——是動物，而馬就是這次結構體生命力的象徵。人如果夢見受傷或生病的馬，他們往往也會生病。他們的身體之所以會出問題，是因為在象徵意義上，馬／身體是他們靈魂的載具。馬也跟生命力有關；我們至今仍用「馬力」一詞來做為汽車動力的測量單位。也正因為如此，汽車常在現代人的夢中扮演起身體的角色，也就是靈魂載具的角色。曾有一次，在學期結束時深感疲憊的我夢見我的老車在翻滾，但開車的是別人。我在夢中對自己說：「啊，那可憐的東西該進修車廠了。」就在那一刹那，我體會到了一件事：我應該放假休息一下才是；如果繼續工作，我很可能會感冒或生起別的病來。無意識這時正藉著汽車對我說明我乘的那匹馬——我身體——的狀況。

如果你往右走，那代表你追隨的是意識。長子沒東西可吃，但他的馬有。他有意識地選擇自己挨餓而讓馬能繼續行走。我認為，選擇路向意謂的就是決定生活方式：往後要用什麼方式繼續前進？由於他選擇自己不食而讓他的馬吃飽，我想他選擇了一條物質主義的道路；他只在意財富和健康的身體。他的馬──他的身體──吃得很飽，但他的心靈卻沒有東西可吃。這可以說就是「何處有利，我就往何處去」（*ubi ben ibi patria*）的態度，不以為靈性之事有什麼重要性。因此，長子只找到一頭小狗，正符合了他的想望。

次子有東西可吃，但他的馬沒有。他應該是個唯心主義者（aesthete），會認為靈性意義和情感關係最重要，因而忽略自己的身體和物質需要。他找到某種亞麻布，儘管非常粗糙。這證明了我們的一個看法：亞麻布代表了高尚貴族的阿尼瑪理想、唯心禁慾的阿尼瑪理想、向陰性本質投射過去的淑女幻想。當男人娶了淑女，他的馬也許沒有東西可吃，但他可以很驕傲地向來訪賓客炫耀自己的妻子。即使他的馬餓得發慌，他仍可滿足自己人格的另一面需求。

最小的弟弟直往中道前去，因而得以走在兩極中間而不偏不倚。他不曾容許自己被誘入黑白分明的、唯物或唯心的偏頗當中，只直走在兩極之間的中道上。突然間，這中道把他帶到黑暗的森林裡，在那裡他將找到貓宮。他深入無意識（也就是無意識的植被區），在那裡遇到伸手不見五指的暴風雨而倍感害怕和絕望。大雨下了三天三夜，四周盡是一片漆黑。第三

天早晨，閃電照亮了整片森林，讓他發現眼前有一座皇宮。他說：「我要直接走進那皇宮。無論會發生什麼事，我已經沒力氣再走下去了。」

我們現在要來討論雨的象徵意義。我們大多數人最熟知的可怕暴風雨就是聖經所描述的大洪水。那洪水是憤怒的上帝為了毀滅人類而發動的。如果有人夢到洪水，你或許會立下結論說那是上帝在發怒，但如果用心理學角度來看，那又會指什麼？人為何會夢見發怒的上帝？發生了什麼事情？首先，我們必須指出上帝就是自性的意象。因此，夢見上帝發怒，那意謂的是：集體無意識正在蓄勢待發——由於集體的意識作為充滿不諧和紛爭，無意識正在盤算如何發動一場大破壞。今天的世界就處於這種狀況，而無意識正在興味盎然地暗思如何摧毀人類。這就是接受分析的病人常會大量夢見恐怖災難——原子彈爆炸、世界末日——的原因。

我們必須嚴肅看待這類夢境，因為它們有可能就是世界末日的預言，但是——如果我們再次幸運逃過一劫——它們也可能意謂：由於無知的我們過度忽略無意識，無意識因此已打算毀滅全體人類。不被人類聆聽的無意識已經蓄滿怒氣，有如當年因猶太人不遵守十誡而爆發、導致大洪水氾濫的上帝之怒。套用現代的說法，當年的猶太人並沒有追隨無意識內深具意義的洶湧暗潮去行事。他們沒有關注集體無意識蓄積起來的巨大能量，因而得罪無意識，以致淹死在無意識的洪流中。人如果得罪無意識，就會被無意識控制。夢見洪水的人不是陷入沮

喪，就是陷入無所適從的狀態。但同樣常見的，他也會陷入中邪或意識型態（主義或口號）纏身的狀態。這些都是可怕的溺水經驗，而柯梅尼就是這樣一個頭臉沒入水中的溺水者。

我剛才先指出了雨水的負面意義，但液體（solutio）這一觀念也正面帶有各種與滋養有關的聯想。雨水較常被人詮釋為萬物生長所需的甘霖，例如，埃及人相信促成穀物豐收的就是氾濫的尼羅河河水。希臘人認為雨水來自天神宙斯和大地女神德米特（Demeter）的愛擁，是一種兩極結合後的產物。《易經》中也有許多「遇雨則吉」一類的爻辭。因此，實際上來講，雨水降下後，問題就可得解（solution）。Solution一字含有多重語義，可意指煉金術使用的溶液或問題的稀釋（dissolution）——也就是把互相硬抗而累聚張力的兩極事物融合為一，使張力獲得釋放。人之所以會在雷雨後感到十分暢意，原因就在於此。如果在雷雨後到野地散步，你一定會覺得全身輕鬆無比。我常想及一個現象：人在暴風雨前緊繃神經，以致頭痛了起來，甚至連他的狗也跟著一起坐立不安；但一旦下雨以及在雨歇之後，他就會立即感覺自己走進了陽光之中、沐浴在一種萬物更新和大地重生的感受裡。我們故事中的暴風雨有雷和閃電，因此能釋放出更大的張壓。兩極匯集在一起，創造了雨水，然後稀釋了張力。

看到雷電的閃光，那意謂人獲得了洞視灼見，也就是面對面見到了整體的宇宙結構或神性結構。一道閃光讓你看見了一切。有過這種閃電經驗的雅各‧布姆（Jakob Boehme）花了十

數年時間為文描述他在一道閃光中、在剎那間真真實實見到的事情[4]。因此閃電跟啟示——來自無意識的突然悟見——有關。薩滿信仰中的巫師總跟閃電有關係的原因也在於此，比如因努特人的某些部落會認為：遭雷擊而未死或與雷擊插身而過（雷只劈到他身旁），那即是當事人有資格成為巫師的徵兆。

因此，遭逢雷劈或離雷劈很近都意謂神靈看中了你。希臘主神宙斯和羅馬主神朱比特（Jupiter）都會擲出閃電，以之兆示最高上帝將要採取行動，而至今許多人仍然對此深信不疑。榮格在伯恩高地（Bernese Highlands）薩能小鎮（Sarnen）度假時，閃電擊中了當地的教堂。一個農夫說：「如果祂想放火燒掉自己的房子，我可不願意出錢來蓋新的教堂。」由此可見，許多人仍然相信閃電是上帝旨意的顯現，是上帝發怒或賜福的預告，或是祂想選擇某人或啟示某人的兆示。

在我們的故事中，閃電顯然也代表啟示，因為皇子突然見到了貓宮。後來那頭貓也是在閃電中出現於皇殿之上；她總是在雷雨中來到。貓是水手們最愛的動物。所有船隻上的貓顯然都是水手們帶上去的，因為貓的皮膚在雷雨中會導電，一旦事有不妙時，貓就會把大雷雨導引出來。人會夢見雷雨，或常說「那人在房裡暴跳如雷」、「父親在餐桌上大發雷霆」之類的話。雷雨指情緒爆發，但也帶有啟示之意——往往，突發的洞見和起伏震盪的情緒會同時發生。貓、黑暗的陰性本質跟這有何關係？要幫助男人成長，女人能做什麼？

曾住在地底、面臨人口過多問題的霍皮人（Hopi）最喜

歡講下面這個故事。由於霍皮男人無心解決人口過多的問題，忍無可忍的霍皮女人只好強逼所有霍皮人爬到較高的地方。他們安頓下來後，一切都很稱心如意，但人口過多的問題再度發生了，而男人們照樣不思解決之道。若非女人開始變得不可理喻、從早到晚跟男人爭鬧不休、逼迫他們採取行動，霍皮人的人口問題一定會到今天都還沒辦法解決。我們今天的情況跟這非常相似：真正使男人無法醒悟察覺阿尼瑪問題的，就是那些遵從淑女教條、不敢大聲說話、只想效法聖母瑪利亞的女人。如果她們不知偶爾大發雷霆，她們的丈夫將永遠醒不過來，而且將永遠無法獲得任何啟示。

　　我們的英雄在大雷雨中、在動盪的氣流中突然看見了貓宮，並意識到他必須走進那裡。他看到一個奇怪的東西、一塊掛在城牆上像鹿腿的肉。但那事實上並不是肉，而是用綠寶石和其他寶石做成的東西。他爬上城牆去拿肉，但他的腿被勾住了，就像被陷阱勾住一樣。就在那時，他聽見鐘聲響起，因而在害怕中跌落到地面，然後一扇門隨之打開並有人走了過來。我們可以說，他之前完全被那塊用寶石做成的假肉給吸引住了。他餓得只想吃肉，但他觸碰到的是寶石，是這些寶石勾住了他的腳。他然後走進貓宮裡。

　　我們還沒有用適當視角去詮釋發生於這段情節之前的事情。你可以抽象詮釋不同母題，找出它們之間的關係，看來似乎完全依循了故事上下文的順序，但之後你必須自問：「這在實際生活裡有何意義？實際上發生了什麼事情？」因此，我在

這裡想要先談一下「肉塊」這個母題——這像誘餌的肉塊在我們的主角進皇宮時擄獲了他。然後我要回頭去看：是什麼讓這奇特、未曾出現在其他童話故事中的母題得以出現的？我們的主角餓得發慌，因而打算爬上城牆去拿那塊肉。但在靠近時，他發現那不是肉，而是由各種寶石做成的一塊肉形物。他的腳在碰觸它時被它勾住，於是他像魚一樣倒掛在那裡，後來才跌落到地面。當城牆下方的一扇門隨之打開後，他就被拉進了貓宮裡。

英文——頗為不幸的——把肉體（flesh）和肉類（meat）分為兩個字[5]。德文只用一個字來稱呼這兩者：*Fleisch*。聖經一再提到肉體慾望（fleshly desire）、活在肉體裡（living in the flesh）這些觀念。盎格魯撒克遜人稱豬為pig，但當他們吃豬時，他們稱之為 pork。他們稱羊為sheep，但當他們吃羊時，他們稱之為 mutton。我認為這相當偽善，因為他們只想掩飾一個事實：他們吃的是真豬和真羊。「羊肉」是沒生命的東西，因此可讓人忘掉殺害的行為。法國人也同樣用*viande*（肉類）和*chair*（活的肉體）兩個有別的字眼。對德國人來講，兩者並沒什麼差別，而且真的沒有差別。肉類就是動物的一部分肉體，而且我們賴以生存的就是動物肉體——那是我們的基本營養來源之一。在某個演化點上，我們的猿猴祖先開始從素食變成了肉食動物，從此無所不吃，而且我們至今仍然保留了這種習性。

我們多少知道「肉體」有何衍生意義，因此我在此不會對

它多做討論，雖然我們將發現肉體的意義並不單純、反而帶有某種神祕性質。從表面來看，它是物質事物，是我們真實存在的血肉之軀。我們的皇子是因肉體之故而餓得發慌。如果我們認為這故事與救贖陰性本質——尤其聖母瑪利亞的陰影面向——有關，那麼肉體為餌這母題就讓人更覺得其中必有深意了。聖母瑪利亞一向與肉體無關，在聖像中也從未坦身露體過。她的身體總被遮蔽在衣物之下，小心翼翼地被隱藏了起來。從基督教的觀點來看，肉體就是陰性本質中未獲救贖的陰影面向。到目前為止，我們的主角天真且自然地渴望那塊肉，很輕易地就受到了引誘。我們可以說，貓就是透過他的肉體慾望擄獲了他——就男人而言，這可說再自然也不過了。阿尼瑪一般都以肉體慾望、性幻想的形式出現在男人心中；但當男人跟著這慾望或幻想前往時，他會發現那並非肉體，卻是肉體的幻相，甚至實際上是一堆寶石。

那是非常誘人又惱人的局面，但我現在對此要略過不談。我們知道，就男人而言，這故事跟如何救贖阿尼瑪、如何使之成為男性意識的一部分有關；就女人而言，它則與陰性本質的救贖有關。肉塊（已死的肉體）只是無意識用以挑逗人、然後迅速收回的假象。我們也必須強調肉塊與死亡的關係。如果在男人眼中，阿尼瑪和女性肉體只是他可以食用的死肉，那麼阿尼瑪和女性肉體可說就毫無價值可言。如果男人視女人為可口的牛排，他會與他的阿尼瑪擦肩而過而不認識她。由於我們的主角註定要去救贖阿尼瑪，他的無意識做了一件很正確的事：

從他那裡收回阿尼瑪、用它引誘他後又將之收回。無意識挑動他的慾望，是為了讓他明瞭：那東西雖然看似他所渴望的東西，事實上並不是。無意識說：「看，寶石才是真實的！」但以他當時飢餓難忍的心情來講，他當然只會感到生氣。隨後讓人不解的事情發生了：他的腳被勾在那些寶石上。我們自然會想像他的反應是：「啊，可惡，這對我的情況一無幫助，算了！」但他卻被魔法逮住了，無法脫身，有如一條掛在餌鉤上的魚。我現在要用擴大對照法（amplification）來解釋這一點[6]。

在格林童話中，有一則傻子拿到金鵝的故事[7]。他經過一座村莊時，每個人都想摸那隻鵝，想知道鵝是死的、還是活的，而且他們的目光全被那金色給吸引住了。客棧老闆的女兒是第一個摸鵝的人，接著她的妹妹們也有樣學樣，再接著牧師過來摸了最後一個女孩，最後所有村民全都聚集到了那裡、全部黏在一起。於是一行人一個緊跟一個地在路上前進，每個人都神奇地依附在金鵝身上。這故事還跟一個國王以及他始終悶悶不樂的女兒有關。國王宣布：有誰能讓他的女兒微笑，那人就可以繼承他的王國。當公主看到傻子帶著一群黏在金鵝身上的人走過來時，她立即哈哈大笑不已，就這樣獲得了救贖。這是個很好玩、但意義不深的童話故事。但對我們的故事而言，它很重要，因為它觸及了「魔幻依附」（magical attachment）這個觀念。

在心理意義上，依附是指：在某些情況下，由於不自覺地

為某事著迷，人因此失去了自主意志而依附在最愚蠢的事情上。這足可讓我們發現阿尼瑪所能之事的更深意義。阿尼瑪就是印度人所說的幻相女神（Maya）[8]，現在正透過我們主角的不自覺著迷擄獲了他，使他的腳被勾住而無法脫身。雖然他發現眼前的東西並不是他想要的，但他退卻不得。他這時很像塔羅牌中那個倒掛著的笨蛋。他原來的主要目的是：「我會把雙腳踏在實地上，但現在我餓了，我想好好吃塊肉。」然而那塊肉卻是由各種寶石做成的。他的頭隨後突然倒轉到下方，讓他好生惱怒，卻動彈不得。

就在那一刻，他聽到鐘聲並隨之跌落到地面上。他看見一扇門被一隻手打開來，於是說：「不管會發生什麼事，我還是進去吧。」他四處走了一圈，只看到一張椅子和一張其上有根蠟燭的桌子。他說：「我要進去休息一下，因為我全身被雨水淋濕了。」隨後他經歷到啟蒙所必要的一切折磨，最後才得以接近貓女。

談完故事的這一段後，我現在要回頭談這之前所發生的事情。之前我們看到，酗酒的皇帝要求他三個兒子帶塊細緻到可以穿過針眼的亞麻布給他。我們現在已知道這樣的織布與無意識中的想像（即創造命運的無意識想像）有關。構成個人宿命之網的就是這種想像，也就是說，個人宿命其實是由個人內在生命的想像創造出來的。酗酒的老皇帝懷有一個高尚而精微的幻想意象：一塊細緻到可以穿過針眼的亞麻布。亞麻布這個意象屬於陰性；就像印度哲學所說的幻相之網，它所象徵的聯想

之網因此具有創造生命／命運的能力。再回頭一想，我們卻發現，老皇帝並未擁有這個幻想；他只是渴望擁有它、渴望擁有一個具有正面意義的幻想。但我們在故事結尾發現，他的行為非常可鄙，因而必須被打敗、甚至被殺、或至少被剝奪一切權力。因此，單單懷有正面意義的幻想並不足以為恃。但無論如何，那幻想畢竟促使他的三個兒子上了路。

當老化的意識主導原則（國王）懷有正確的願望幻想、卻無法獲致那幻想並犯錯連連而告失敗時，我們當如何詮釋那老化的原則？答案應該非常明顯。但在實際生活裡，如果社會或世界的主導者抱有出發點正確的願望，而且所願之事也已成真，這時卻做出偏差的事情，那又如何？我們的世界現在可說就面臨了這種問題。

我認為，今天世上的所有強權都會一致同意如下的理想：人類必須更加保護大自然、必須更加和睦相處等等。報章雜誌也紛紛提出告誡，要我們不可剝削地球，要我們重拾簡樸生活、以便和大自然建立更融洽的關係。它們還說：我們的科技有違人性，因此我們必須重新重視人際關係和具有創意的個人想像力，並要加強保障個人自由而不容政府大肆擴張其權力範圍。然而，擁有這些願望幻想絕不意謂我們已經實現了它們。每個人都抱有這些幻想——它們甚至也存在於舊制度、舊社會裡。年輕人並非是唯一持有這些要求的理想主義者。你如果給八十歲的老人做心理分析，你會發現他們也表達同樣的想望。老人一般都持有合理的願望幻想，但他們不知該如何著手去實

現這些願望。年老皇帝的問題就在於：當他必須採取實際行動時，他無所適從，因為他的妻子死了。

他的妻子死了——這是什麼意思？什麼是陰性本質？如果我們說皇帝的阿尼瑪死了，那是指社會以陽性為尊，而陰性本質就是這社會失去的阿尼瑪。我想說的重點是：使事情能夠成真、獲得實現的就是男人的阿尼瑪和女人的陰性本質。男人沒有妻子，是指：他或許擁有最崇高美好的理想，但臨到要實現它們時，他全然不知所措，因為唯有陰性本質才能實現它們。男人能授精以製造小孩，但生下小孩而使之成為生命實體的是女人。如果一個男人的阿尼瑪死了、如果他碰觸不到他內心的陰性本質，他也許能成為世上最偉大的理想主義者、擁有改革世界的最美好計劃，但臨到要實現這些計畫時，他會茫然不知所措。

年老的皇帝就是這樣。他因喪妻而絕望，因此開始酗酒，彷如一個落魄的理想主義者。男人若曾妥善發展他的阿尼瑪，他會擁有良好的人際關係，因而較容易找到實現理想的機會。他的眼睛不會只看到委員會，還會看到人，而理想的實現端賴於人，絕非委員會和報章的言論。發展陰性本質的目的就是要實現理想。唯有如此，男人的幻想才能具有正面價值；他也才能在人際關係中看到實現理想的機會。

你可以擁有世上最好的制度，但如果其中的人彼此互不相干，這制度是毫無用處的。一群最優秀的科學家組成團隊，但如果他們彼此互懷敵意，他們絕無可能做出有成果的研究。阿

尼瑪發展不足的地方向來都沒有生產力。且想一想我們前面提到的故事〈三隻羽毛〉，其中的國王最初只要求他三個兒子去尋找極細的亞麻布。當他們把亞麻布拿給他時，他說：「現在我要你們每個人去帶回一個最美麗的新娘。」你看，年老的國王此刻正要從幻想移到幻想的實現。他彷彿在說：「首先我們必須要有一張網、一個可以創造生命的幻想，但然後我們還必須實現這幻想。」這故事有個美好的結局，但我們的故事並沒有。皇帝一看到那美麗的女人，就想佔有她，以致破壞了大局。我們稍後再討論這一點。

由於失去了妻子，皇帝因此無從實現他原本具有正面意義的理想（幻想）。我們由此也可了解為何長子找到一頭狗、次子找到一小塊粗織布（也就是一張粗網）。雖然這兩個兄弟後來在故事中不再扮演重要的角色，我們還是要問：為何他們當中一個找到的是父親所要、但不夠好的小塊粗麻布，另一個找到的則是一頭小狗？

請記住：這故事的方向和目標是救贖陰性本質。我想說的是，相較於皇帝心目中的理想亞麻布，這小塊粗麻布只不過具有粗糙的生命外觀，就好比一個政治人物懷抱著理想抱負，但他竟然說：「啊，算了，搞政治的人要務實；我們能做什麼，就做什麼吧。」這就是粗糙的敷衍行事。由於做事者沒有把靈魂注入理想，理想便隨之失去了真實價值。那塊粗麻布沒有生命可言，僅是尋常普通、無足輕重的麻布，最後不知所終。我們可以說，次子找到了一個與他理想近似的東西，但他不在乎

它有所不足：「好吧，現實大概就是這樣，你不可能再找到更好的東西了。」

「以狗為伴」意謂了盲目而欠缺思考的忠心耿耿。榮格常說，相信婚姻制度的是男人，而非女人。女人之所以向來不信任婚姻制度，是因為她們只把熱情投注在情感關係上；關係才是她們想要的東西。但男人卻常懷著一種非常感性的想法。即使跟妻子無法相處，他仍會始終認定她是他的妻子。我看過不少這種悲劇。男人娶了一個與他完全不合的女人，然後愛上一個比較適合他的女人，但他仍然會感性地認為：「我的妻子永遠是我的妻子，我不能跟她離婚。」就算他們沒有孩子，他也會如此堅持。這就是我們在狗身上所看到、出於慣性的忠誠。

我認識一個男人；他為了討論離婚之事，去了律師事務所達十次之多，但臨到必須跟老婆討論這檔事時，他緊張得不知如何是好。他猶豫來、猶豫去，另一個十五年就這樣過去了，但他早已對妻子不懷一絲愛情。他並沒有不自覺地還愛著對方；他只是像狗一樣、感性兮兮地依附在這婚姻上。他其實也依附在過時的傳統規範上：「離婚很丟人現眼，不是一個人該做的事情。」女人在這方面就大膽多了。她們也許會喜歡婚姻制度，但先決條件是她們在這制度中覺得幸福。如果她們覺得不幸福，她們就會馬上生出許多有違傳統的想法來。女人比男人更容易擺脫人格面具的考量。

我們可以說，無論往右或往左，這兩條路都會導向意義闕

如和聽天由命。狗會用「啊，我們可以將就住在同一個屋簷下」取代真實的相屬感，然後繼續忠心耿耿下去。粗麻布會想：「我們大致還合得來。她雖不是我年輕時夢想的真愛，但我們還算可以相處。」這樣的男人可說埋葬了他的阿尼瑪理想，或埋葬了阿尼瑪真正想在他身上尋見的東西。他若不是放棄理想，就是成為愚忠之狗。

註釋

1　Grimm & Grimm, *Grimm's Fairy Tale*, 319-321.

2　譯註：畢達哥拉斯（約西元前 570-495）為古希臘數學家、哲學家及音樂理論家。

3　Friedrich von der Leyen, *Russische Volksmärchen*, in *Die Märchen der Weltliteratur* (Dusseldorf: Eugen Diederichs, 1959).

4　Jung, *Archetypes and the Collective Unconscious*, 2nd ed., vol. 9/I, *CW* (Princeton, NJ: Princeton University Press, 1980), § 534.

5　原書編註：本書文字係以馮・法蘭茲以英文發表的演講為根據。

6　譯註：意指在詮釋某童話故事時，參照並比較宗教、神話、煉金術、其他童話故事等的類似情節和意象，藉以找出該故事母題的豐富原型意含並將之置於集體無意識的脈絡中。

7　Grimm and Grimm, "The Golden Goose", *Grimm's Fairy Tales*, 322-325.

8　譯註：在印度語中，Maya 意指魔術幻相（magic）。

貓宮

他們知道，一個不再被人信仰、不再被人意識到
的神可說已經死亡；一個無人相信、無人用其名
義祈禱、無人記掛的神等於不存在。一個不再尊
敬、信仰或供養原型的社會之所以會充滿各種
替代品、各種病態可笑的政治訴求、各種「主
義」、各種致癮藥物，其原因就在於此。

由於不再受人信仰的神已經失去生命力和感動
力、已經麻木不遂而無能作為（因為人的意識已
不再運載祂們），人心自然而然就被一切具有毀
滅性的事物給霸佔住了。

被肉形寶石困住的皇子最先遇到的是大雷雨。大雷雨——如我在前面所做的詮釋——可以化解／釋放兩極衝突所形成的張力。閃電是兩極衝突的結果，雨水則是化解者。我們現在可以更明確指出所謂的兩極是什麼：一是促使他上路的亞麻布幻想，另一則是與幻想全然不同的真相。他現在發現自己這一路上都追隨著他父親所想像的理想，卻一無所獲。在心靈之植被區流浪的他現在面臨了衝突。他望「肉」而不可得，但就在他動彈不得之際，鐘聲響起，他也隨即應聲跌到地面上，彷彿被震醒了過來而得以脫離肉餌的誘惑。最後他被一把抓住、被帶進了皇宮裡。

　　鐘是許多宗教儀式都會使用的東西：基督教教堂內的鐘、彌撒禮拜使用的小鐘、藏傳佛教和其他佛教宗派使用的鐘等等，不一而足。不同的宗教會賦予鐘不同的含意，但大體來講，鐘在各地都具有驅魔的功能，因為魔鬼無法忍受鐘聲並痛恨它。另一方面，鐘聲在重要場合裡可以聚集注意力。在彌撒禮拜中，在麵包和水變成基督聖體、基督隨之降臨的那一轉折剎那，鐘聲便會響起，指出重要時刻的來到。人們不會在彌撒過程中放警報說：「現在請大家注意，神聖之事就要發生了！」這就是我認為鐘聲可以聚集或召喚注意力的原因。

　　教堂鐘樓裡的鐘如今會為了劃分時間而每小時報時一次；這跟時間已失神聖性質很有關係。在鐘剛被發明並逐漸被廣泛使用的十五、十六、十七世紀，你只會在修道院和教堂看到鐘。舉例來說，如果去讀十五世紀神學家尼可拉斯·庫斯

（Nicolaus Cusanus）的著作，你會發現，當時的人認為鐘是宇宙的象徵、甚至是上帝的象徵，因為鐘就是曼陀羅或時間曼陀羅。在人們的觀念裡，鐘能標示神聖時刻，而這就是一天中某些時刻特具神聖意義、特別適合舉行葬禮或慶祝出生等重要事件的原因。

要直到笛卡爾以後，人們才漸漸把宇宙想像為一個機械鐘。愛因斯坦也用這觀念來對抗量子物理學。在一個有如機械鐘、凡事都依照既定規則進行的宇宙裡，上帝是沒有自由可言的。笛卡爾雖仍認為上帝存在於這個機械宇宙中，但他說：「上帝訂立了這些規則，因此祂不可能還想打破它們。」這也就是說，上帝先創造了一個機器，然後讓自己受困在其中，從此再也無法改變這機器了。中古世紀的上帝卻不是這個樣子，因為祂時時都在干預時間的運作。在聖經中，先知約書亞能使太陽靜止不動：猶太王希西家生病時，約書亞讓時間停頓了十五個小時。上帝或神蹟可以隨時干預時間，時間並不是一個滴答作響、一直報時到永恆的機器。我們可以說，現代的鐘時觀念是費了很長很長時間才演變出來的，而這演變過程實際上就是時間失去神聖性、被世俗化的歷史。在村莊裡，仍保存著原始意義的鐘會為死亡、結婚、出生、任何具有原型意義的事件發出聲響，目的是要告訴大家：某個出自永恆、具有原型意義的事件此時此刻正在發生，因此大家應該放下手邊的工作、稍稍默禱、為某位死者或某個正在生小孩的婦人祝福等等。鐘聲因此喚起了人的注意力。

我們很難用心理學語言來解釋這點。我們可以說，鐘可把我們內心的聲音或訊息傳達出來。有時你覺得生活百般無趣或無聊，但這時電話鈴聲響起，你突然聽見自己裡面有個聲音說：「注意，有事情要發生了！」如果不接那電話，你必會錯過非常重要的什麼事情。你心裡的鐘發聲說：「重要事情要發生了！」我認為這就是自性發出的聲音或訊息，在那告訴我們：「不要錯過這件事——它是原型事件！」我們很容易錯過原型事件 (尤其在忙碌的一天當中)，然後要過上好一段時間，直到要上床睡覺的時候，我們才想起來：「今天發生了什麼事？啊，早上九點鐘的時候，那麼重要的事情！」可是你已經錯過了它。

　　類似的情況在有人死去的時候也會發生。在某些人生命終止的時刻，鐘也常會真實停頓下來，成為某種超自然靈異現象（parapsychological phenomenon）。我父親的一個摯友是個嚴謹而不信奇蹟的軍人，但在他妻子去世的那一刻，他卻遇到了奇蹟。她的臨終臥房裡有個大鐘；陷入半昏迷狀態的她開始想像鐘面上有個人臉並對那人臉說話。就在她嚥氣的那一刻，鐘的內部發出一聲可怕的巨響，然後鐘就停了。幾個月後，她丈夫把鐘拿到一個錶匠那裡。錶匠問發生了什麼事，因為鐘內沒有一個零件是完整的，好像有人曾拿把槌頭把裡面的機械全砸爛了。錶匠道歉說他無能為力，因為這鐘已經無法修復了。對我父親述說這事時，這位朋友最後拿出菸斗說：「我無法給予任何解釋，但事情始末就是這樣子。」

這類故事很常見。鐘的確具有這樣神奇的魔法，而許多人跟自己的鐘也的確具有如此神奇的關係。我有過幾次這樣的經驗，都跟發生在我身上的原型事件或重要事件有關。在這些事件發生數小時後，我才發現我的手錶早在它們發生的那一刻就停頓了。榮格在描述這種現象時認為，那是無限或永恆進入時間之內並打斷時間的現象。永恆似乎伸手插入時間所在的平面，然後你就在不及一分鐘的中斷片刻遇到了原型經驗。你經歷到榮格所說的「無限」，而你的手錶常會對此做出反應。

讓我們現在來討論故事中的那個鐘有何意義。鐘會把對立的事物結合起來，是「完整」的象徵，因為它結合了陽性的鐘舌和陰性的鐘體──它們的意義就像印度教的男根石柱林伽（lingam）和瑜尼女像（Yoni）。如果說它意指陰陽結合的第一步，可能有點牽強，但我認為這說法還是有其正當性，因此我們還是可以採納，並可以認為重要事件都發生在永恆的剎那間。我們的鐘引人注意的地方是：它解除了皇子的執迷，使後者從勾住他的珠寶塊狀物或寶石肉塊跌落了下來。鐘使他重獲自由，然後他被帶進皇宮裡。在倒掛在肉塊上的時候，他可說處於一種中邪式的著迷心態，而如今鐘驅除了那可怕心態，把動彈不得的他從那負面的生命形態中釋放了出來。在釋放他時，鐘似乎在說：「這只是序曲，重要的事正要發生。」他醒了過來，擁有了更多覺知。

他就這樣脫離了執迷並掉入他真正屬於的地方（或說，他這時必須走進皇宮）。他走進一個房間，裡面有一張桌子、一

根蠟燭和一張椅子。他想：「我要在這裡休息一下。」當他坐在床上時，突然間許多沒有身體的手出現了，把他一把抓住、打他並扯掉他身上的衣服。他不知道這些手是從哪裡出現的，除了手之外也沒看到任何人，因此他絕望大喊：「啊，上帝，誰在這麼使勁打我？」要等到他身上的衣服全被扯掉之後，那些手才停下打他的動作並消失了蹤影。然後桌上突然出現了許多食物，一旁還有一疊給他穿上的衣物。吃完食物後，他感覺好多了並忘掉了剛才的挨揍。第二天他走進另一個房間，然後同樣的事又重新發生了一遍。第三天出現了一個不同狀況：看不見的手打了他兩頓。打他的顯然是貓的僕人，因為故事提到，貓皇后在第三天命令她的僕人把年輕英雄帶到一個處處用純金打造的大房間裡。

我在克利虔・德圖阿（Chrétien de Troyes）和羅伯・德波宏（Robert de Boron）分別所寫的聖杯傳奇中找到與此最類似的母題。兩位詩人的作品都提到可怕的床：高文爵士（Sir Gawain）一坐到床上，許多鐘就立刻響了起來，然後一頭獅子走進來攻擊他。高文當然打敗了那頭獅子，隨後一群仕女從宮中走出來感謝他救了她們，他因此成為一個大英雄[1]。我們在別的故事中也見到魔法師的床——它能飛起並把人帶到天上或把人帶到位於海底的地獄。這些床具有魔法，非常邪惡。

我們必須思索床的象徵意義。德國有句諺語說：「你怎樣鋪床，你就會怎樣躺在它上面。」意思跟種瓜得瓜是一樣的。我們也在床上做愛，或在床上休息和睡覺。對許多人來講，那

是放鬆身心後胡思亂想、做夢入眠的好所在。那也是「自我意識沉降」（abaissement du niveau mental）[2]而跟無意識、動物本能和身體打交道的地方。

聖杯傳奇中的神奇之床當然主要和愛情有關。如果坐在床上的騎士被獅子攻擊，那表示他一碰到床就無法控制性慾。他的動物慾望和本能完全掌控了他，使他無法控制那獅子。床是我們的動物生命——出生、死亡、做愛——得以實現其本質的地方，也是我們可以觸到動物本能和無意識的所在。床下則是我們永遠不想去清掃之處；清潔習慣不好的人，他的床下總會累積一團又一團的塵埃。因此一般來講，床下就是個人無意識心魔所在之處。我發現人夢中的惡魔往往就住在床下，跟蜥蜴、蜘蛛、老鼠一樣。這無疑跟個人的無意識、跟表面下的什麼東西有關。只要你一放鬆，你床下的老鼠就開始搔東搔西，你所有的偏執情結就開始找你麻煩。

上面有根蠟燭的桌子意指人在那種情況中開始見到了一些光明。許多其他童話故事的主角都曾在黑暗中倍受折磨，以便救贖阿尼瑪，但我們的故事與它們不同。我們的英雄看到一點光後再次受到戲弄，就像他之前看到肉塊和寶石一樣。他想要光，就得到了光；但他真正想要的是肉，卻沒有得到肉。當他亟需滿足肉體慾望時，他卻再次被給予了某種具有崇高靈性意義的東西。

這種事情在真實生活裡也常發生。我想起一個年輕男子的案例。他想談戀愛，每次都找到虔誠信教、教育程度很高、但

懼怕他母親並捉弄他的女孩。她們跟他出門約會、共進晚餐時都表現得很得體，但一旦他想要有肌膚之親的時候，她們就拔腿跑掉了。這種事情發生了五次，一共有五個年輕女人。最後我說：「你為什麼會選這些女人？我的意思是，另一類女人在今天到處都是，你會那麼做，是不是有什麼你自己不清楚的原因？」

那可憐人當然會覺得無意識正在非常殘忍地捉弄他。當我們不了解一個母題的時候，我們必須問：無意識在用這種方式捉弄一個人的時候，它取笑的是這人意識所表現出來的哪種態度？它想補償什麼？我說的這個男人顯然充滿矛盾，也非常神經質。他鄙視「肉體」；他想要一個「有血有肉的女人」，但又因教養之故鄙視肉體。他的阿尼瑪是分裂的，其中一半非常浪漫，使他總被看來乖順的、性覺未開的女孩所吸引，因為他本人也是一個乖順的小男孩。

他當然有很急迫的「肉體」需要，但他不認可這些需要。他這種男人在引誘一個女孩上鉤後，就會馬上看不起對方。許多男人都是如此；在女人身上得逞後，他們馬上就想：「啊，她只是個臭婊子。」我提到的這個年輕人無法用正確觀念來珍惜「肉體」；他要它，卻不珍惜它，因為他無法用正確的態度看待它。他依然困在基督教的肉體偏見中。即使男人說「我不要再相信基督教所說的那個理想，我要在床上抱著一個真實的、具體的女人」，那仍然不能解決問題。如果他暗地裡還是輕視她的肉體、她的肉體我，他就仍然會困在舊偏見裡。為了

幫助他克服這種謬誤，無意識會不斷捉弄他，直到他終能覺悟自己的錯誤、自己矛盾分裂的行為為止。在那種矛盾分裂中，他既渴望女人，又因這渴望而看不起自己。等到擁有了一個女人，他就開始恨她和懷疑她：「她一定是個妓女，她很可能也跟別的男人上床。」他在事後會無止無盡地找理由來憎恨那女人。帶著這樣矛盾分裂的態度，他自然也會被跟他一樣矛盾分裂的女人吸引。他們彼此亦步亦趨，絕不會有半點差遲。

因此，由於出現在我們故事裡的分裂態度還沒有得到療癒，「捉弄」的母題就一再發生。皇子被打也是這母題的一部分。故事特別強調他身上的衣服全部被扯下來，致使他一絲不掛。「赤身露體」是個很奇特的母題，但「被打得七葷八素」卻很常見，也就是所謂的「三夜折磨」（three torture nights）的母題，而童話故事中必須忍受肉體折磨的都是男人。（女人也會受折磨，但都非肉體折磨。）就我所知，他們受折磨的原因恆與陰性本質的救贖有關。

接受折磨才可以彌補偏重積極行動的男性意識。年輕英雄必須受苦，必須用被動和陰性的態度去承受痛苦，而非驟然採取行動。一個陽剛的男人很難被動地任人折磨或毫不作為地忍受痛苦，因為他的天性會說：「對於這，我必須採取行動！我必須突圍而出！ 我要作戰！我的敵人在哪？讓我跟敵人拚個你死我活！」某些時候，我總必須對男人說：「但是，你不能做什麼，你只能耐心忍受這個衝突。」但他們總會問：「是的，但我難道**什麼都不能做**嗎？」我說：「你什麼都不能做、

什麼都不能。」對他們來講，那太難做到了。但那就是男人救贖其陰性面向的方法，也是他們救贖集體陰性本質的方法。

如果一個女人為了某種原因必須救贖她自己的陰性面向，她也必須這麼做。她的阿尼姆斯、她的陽性面向在那時會不願藉受苦來救贖陰性本質，卻會一逕問：「我能做什麼？我該怎麼做？」。榮格有一次竟然說：「如果一個女人問我『我能做什麼？』，我就知道她已經被阿尼姆斯挾持了，因此我不會回答她。」這話也許說得有點過分，但其中確有一些道理。一個被困在陽剛態度中的女人一定會想採取行動；她想作戰、想做些事情，但因此遠離了她的陰性本質。是以，如果她必需救贖她的陰性面向，她就應該學會忍受衝突之苦，不要一直想著：「我能做什麼？我必須做什麼？」

這當然對以父權為尊、看重積極行動的西方人生觀也具有補償作用。但這種人生觀往往也給分析治療帶來難題。許多人無法了解被動忍耐的意義，以致他們有時會放棄榮格心理分析，轉去求助於一個開藥丸給他們的精神醫師。如果你問為什麼，他們會說：「至少他會做點什麼！你只告訴我要忍耐痛苦，但我認為我們應該採取行動、做些什麼具體的事情！」他們說的當然也有道理，因為所有心理學真理在某種程度上都是半個真理。在許多情況下，我們必須有所行動；但在其他情況下，真正的行動、真正的英勇行為就是忍受痛苦而無所作為。

我們現在來到故事中另一個奇特的母題，也就是打他並扯光他衣服、讓他一絲不掛的眾手。他後來吃到了食物，也拿到

了衣服。衣服代表的是文化薰陶所成的態度,赤身露體則一向意謂赤裸裸的真相。許多未開化社會在舉行儀式時會要求參加者不得穿衣服。在古代的神祕啟蒙儀式中或在某些浸禮信仰中,人們必須赤身走進水裡,然後再赤身從聖水池走出來,其目的就是要去除人從文化、教育等等學習而得的所有態度,使之能夠面對真正的自己。從文化取得的任何人生觀都必須被倒空一盡,因此我們的主角必須來到一個可以讓他得見真我的階段。在他絕望大喊「誰在這麼使勁打我?」時,他事實上問了一個跟他自己密切相關的問題:「那是誰?」他一問這問題,眾手就立刻停下動作,而他也突然看見食物和新衣服。但這情況只維持了一天,然後整樁事情又重來一遍,他也受到了更多折磨。

這些場景讓我們想到典型啟蒙儀式中的一個場景。我們雖對古代的啟蒙儀式及神祕信仰所知不多,但造訪過龐貝古城奧祕莊園(Villa of Mysteries)的人都會發現:古代神祕啟蒙儀式的參加者都必須赤身走進儀式,以便承受鞭笞之苦。肉體折磨是啟蒙的必要元素,而這在米思拉絲女神信仰中也很可能如此。基本上,這種肉體折磨就如同我們今天在未開化社會的啟蒙儀式中所看到的:年輕男子在身體上會遭到鞭笞或割剮等傷害,但他們必須忍受這些巨痛,往往還必須赤身裸體鑽進大型獸皮底下,以便獲得新生。

赤裸因此也與重生有關,亦即一個人被強迫回到他出生時的狀態。英文中有句話:「就跟你出生時一樣的赤裸裸。」德

國的學生社團也常舉行剝光衣服的儀式，學生在儀式中互相撲打，跟男性啟蒙儀式非常相似。瑞士男童子軍也有類似的非官方儀式。年齡較長的童子軍會在夜晚去嚇年齡較小的，但並非去打他們，而是強迫他們跳進冷水裡。或者，年齡較長的童子軍會出其不意跑到寢室中把年齡較小的拖出來，然後把他們丟進冰冷的湖水中。男性的啟蒙儀式林林總總；家長永遠不會聽到這類事情，要不然就是要等到十年後才會赫然聽到。這類啟蒙儀式似乎都含有跟動物本能有關的原型母題，以致它們總會一再出現在團體生活中——這些團體當然包括學校在內；我們就曾聽說過一些假借啟蒙之名、偶爾發生於某些學校裡的變態事件。

第三天時，我們的主角拿到了他所需要的東西——他終於吃到食物了。他先受百般折磨，然後獲得食物。我們稍早時說過他渴望「肉體」、他有「肉體」慾望，而這正是他最初受到捉弄的原因。但他現在吃到食物，因為他已被淨化了——很有可能是因為他穿上了新衣服、因而擺脫了輕蔑肉體的父權思想或其他慣性的集體文化思維。我們甚至能體會他現在的經驗，就算這經驗僅具有象徵意義。他所獲得的很可能就是他身體真正想要的東西，但其意義可能遠遠大於口腹之慾的滿足。對總有足夠食物可吃的人來講，他們絕對無法理解年輕英雄此刻的某種額外體驗。

民族學告訴我們，所有未開化社會都認為他們賴以維生的動植物具有神性。對因努特人或對農人來講，馴鹿或大麥就是

神。我聽說過這種信仰，但要直到某一次參加徒步旅行時，我才親身體會到了這信仰。年輕、身無分文的我在山區徒步行進了好幾天，睡在稻草堆裡並在冰冷的河中洗澡。為了省錢，我一天只吃一頓。第三天後的一個傍晚，我餓壞了，心情也沮喪到了極點，於是和朋友們一起走進一家客棧並點了一盤義大利麵。我隨後就昏了過去，完全不醒人事。當我恢復知覺時，我覺得渾身暖和而且喜樂無比。我稍一睜開眼睛，便看到其他人都用無法置信的表情望著我大叫：「哇！哇!」因為我剛才竟在一無知覺、不醒人事的情況下像動物般囫圇吞下了整盤義大利麵！此刻的我好像剛從夢中醒過來，感到溫暖的食物正滑進我的身體裡，同時有一種感覺：「我又活過來了；我死了，但我現在又活了！」

　　對當時的我來講——至今我也還這麼認為——那真的就像儀式中的死亡和重生過程。從那之後，我了解了什麼叫飢餓，也了解了領受一位讓祂自己被你吃掉、然後使你復活的神是何等的經驗。未開化民族無時無刻不瀕於飢餓的邊緣。在飢餓至極的時候，人會覺得死亡就住在他的骨頭裡：「我再也無法拖著自己四處走動了，我無法步行，我虛弱至極。」然而，就在生命洪流突然間又回到你身上的那一剎那，你察覺了一件事情：有一位神又把生命還給了你！當時我很可以膜拜那盤義大利麵，甚至膜拜那位創造出出義大利麵的大麥之神。如今我已學會膜拜祂了。大麥就是生命，也代表了生命的神祕性，因此我了解為何榮格會說：「佛洛伊德說得不對。我不認為人類最

強烈的驅力是性慾，飢餓才是。飢餓是頭號問題；只有在飢餓獲解後，性慾才會出現。」

第三天，皇后——貓女突然被稱作了皇后——命令她的貓僕們把年輕英雄帶到處處飾金、一切都由純金打造的謁見廳。十隻出現的手為他拿來一件純金製成的衣袍，並把它披在他身上，然後他看到一百頭邊彈奏美妙音樂、邊歌唱的貓。被帶到至純黃金打造的王座那裡時，他想：「不知誰是這裡的統治者。」他隨後看見面前有頭美麗的小貓躺在一個金籃裡。貓后盡情款待他。當盛宴在午夜結束後，她從籃子裡跳出來並向大家宣布：「從今以後，我不再是這皇宮的統治者；這個年輕人將成為你們的主人。」所有的貓都上前親吻他的手並稱他為牠們的統治者。從此他成為了貓國的皇帝（或國王）。

我們已經討論過「貓」這個母題，現在我們要先說那金色的圓籃。它就是曼陀羅和自性的象徵，因而貓是自性和阿尼瑪的結合者。在《心理學與煉金術》一書中，榮格論及一連串夢境，其中的阿尼瑪形象擁有光芒四射的頭，有如太陽。他說，阿尼瑪和自性在那個階段相互汙染 (contaminated)、仍然交織為一[3]。如果我們從男性心理的角度來看，貓這個象徵結合了總合一切之自性以及最高形式的阿尼瑪。但如果我們從女性的角度來看，它指的是：女人的貓面向（也就是陰性本質的貓面向）才是真正可以總合一切的面向。聖母瑪利亞並未擁有這籃子，貓才擁有；貓實際上意表了潛在的一統和完整，因此大於並涵蓋所有其他事物。

在盛大的饗宴結束後，我們的年輕英雄成為了貓國的統治者和主人，並間接——也可說自然而然地——成為了貓女的新郎。這是榮格所說的「婚合」（coniunctio）；陰性本質現在為陽性本質騰出了空間。這也顯示，陰性本質的黑暗面向或動物面向一點也不仇視陽性本質。我們應該告訴女性主義運動的參與者：當陰性本質（或說貓性）重獲自由時，它會用愛與和平的方式去和陽性本質結合起來，而不會去仇視它。象徵愛的貓接受了年輕英雄的陽性本質，而身為皇子的後者則代表了即將出現的新陽性意識，因為陰性本質現在接納並擁抱了他。換句話說，陰性本質和陽性本質之間的重大衝突獲得了化解。

榮格有一次說到，就像大多數童話故事一樣，大多數小說和電影——除了最近的之外——都有一個完美的結局，原因就在於真實生活全然不是這個樣子。在真實生活裡，女人和男人總是站在對立衝突的立場上。因此，他們的結合、陰與陽的相愛及和平相處可說是非比尋常的重大成就，所成就的就是個體化和意識的成長。傳統社會的婚姻通常與愛情無關，而是出自家人和部族的安排。在希望男女能夠相處、希望他們能合作生出後代時，傳統社會根本不會考慮到愛情這個因素，只知按照部族規範或禁令把某個女人和某個男人並置在一起。至於男女兩人要如何相處，那是他們自己的事。在很大程度上，婚姻與浪漫愛情無關，只要求兩個人能夠明理、互相容忍就好。這就是許多未開化社會裡的男人和女人互不講話的原因。男人自顧自去打仗、放牛、牧羊、打獵，而女人則坐在家裡，看顧幼

兒，跟別的女人閒話家常或打掃庭院。男人偶爾會回到家裡，休息一下，製造個小孩，然後又離開了。男人和女人幾乎講不上半句話。

非洲有許多年輕男孩與年輕女孩戀愛、但得不到部族認可的童話故事。就像羅密歐和茱麗葉，他們違背了部族禁令，愛上了另一個部族的人。這些故事總以悲劇收場，例如，他們兩人淹死在水中，然後在明月高掛的夜晚，人們會看到他們的鬼魂出現在水面上。愛情總和不幸及悲劇連結在一起。這些故事不鼓勵男女用深刻的、浪漫的個人情感去彼此相愛，反而認為，想用這種方式活著的人不知天高地厚、不知自己「正在硬闖眾神的國度」，因為「只有神祇才能談戀愛；地上的人必須遵守部族規範，並且無論如何都得忍受自己的丈夫或妻子。」

現代人想在男女之間建立個人愛情關係，可說是個嶄新發展。個人愛情關係其實最先出現於中古世紀的宮廷裡，但那只能說是初步實驗，後來並沒有受到社會的認可。所以我們還是可以說：我們現在正艱困地踏在全新土地上，因為詩和宗教規範至今仍認為男女在這全新土地上不可能獲得幸福、只會遭遇悲劇。毫無疑問的，男人和女人此時都面對了一個嶄新任務。不要忘了，遠在婦權運動發生之前，第一個指出並鼓吹這任務的人就是榮格。他說：有史以來，我們今天可說第一次面臨到一個責任，就是要在阿尼姆斯和阿尼瑪互相投射所造成的盲目吸引力以外，為男人和女人建立起真實的兩性關係。當然，盲目的吸引力必然會在兩性關係建立之初扮演某種角色。沒有

人能把他（她）的阿尼瑪和阿尼姆斯完美整合到一個地步、可以不受盲目吸引力的擺布。但如何能夠堅定超越這吸引力、藉以進入真實的愛情關係（不管那是什麼關係），這可是個大奧祕。我們的故事用兩人的相遇指向了這個奧祕。

盛宴結束後，大家都回家了。貓后帶著年輕人到她的臥房[4]，擁抱他並問他：「親愛的英雄，你為什麼會來到我的皇宮？」他回答：「親愛的貓，上帝把人帶領到不同的道路上。我父親派我尋找一百公尺長的細亞麻布，細到可讓人把空氣吹透它，也可讓人把它穿過針眼。這就是我上路尋找的東西。」

我們也許曾期望他給的是另一種答案、或更好的一種連結方式，但他此刻還沒能夠擺脫他那過分陽剛的心性。她用挑逗的口吻問他，他卻正經八百地給了她一個答案。我們發現，他在某種程度上仍然依附著他父親、依附著舊世界；他仍然把他父親的理想當作自己此行的目的。如我在前面指出的，父親所想像的理想阿尼瑪並非不正確。因此，記住或抱持這幻想的年輕男人也沒有錯。但他沒有發現，他面前的貓就能使那幻想成真；他未能看出貓和那幻想之間的關連性。

故事在此突然跳到別處，跳到了另一個後續場景。等了他一年、最後認為他不會出現的兩個哥哥已經回到家裡和父親同住。長子帶回一頭小狗，讓父親相當開心。次子帶回一塊可以穿過針眼的亞麻布。然後父親問他們的弟弟在哪裡，可見他仍有遺憾、仍然沒有得到他想要的東西。在問起他的小兒子在哪裡時，他顯然期望會有更好的事情出現在眼前。一個兒子回答

說：「父親，自我們分手後，我就再也沒有看到他；他很可能選擇了一條不歸路。」他們都認定他已死了，因此都痛哭了起來。這是另一個提示，讓我們知道這個父親並不是真正的大壞蛋，因為他還算關心自己的兒子。但他很軟弱——就像酒鬼一樣，他很容易掉眼淚。

最小的弟弟這時仍和貓住在一起。有一天她說：「親愛的，你不想回家嗎？你跟你哥哥們約定碰頭的日子已經過了。」「不，不，我不要回去；我回家能做什麼？我在那早就沒什麼可留戀的東西了，這裡是我的家，我要留在這裡，直到我死。」貓說：「不行，你不可以。如果你想留在這裡，你必須先回家，帶回你向你父親允諾的東西。」他問：「但我能在哪裡找到這種用細線織成的細亞麻布？」貓告訴他那不是問題、她會想辦法。英雄問：「告訴我，親愛的貓，跟你相處的三天等於別地方的一年，這是真的嗎？」「是的，甚至更久；你離家已經九年了。」年輕英雄無法相信自己的耳朵：一年怎會變成了九年？他要怎麼回家？他得花九年時間才能回到他父親那裡！他把時間當成了距離，彷彿他必須花九年時間才能走得回去。貓要他把牆上掛著的那條鞭子拿給她，然後她用這條魔鞭召來一輛馬車，一舉解決了時間和空間的問題。

我們在這裡要檢視一下兩個母題。首先，英雄想留在那裡、永遠不回家。這代表什麼心理意義？且讓我們回想一下：這故事的起頭有一個皇帝和一個皇后，他們生了一個女兒，女兒變成了貓，貓走入了森林。然後我們看到有三個兒子的皇

帝;他最小的兒子走入森林,去到貓那裡,並最終和貓留在森林裡。森林是新的王國。沒有任何事情回歸到最初情況,而最初情況也已淡出不見了。因此貓國就是新的王國、新的居留地,代表問題真正得解,無論這是個什麼樣的解。但如果他沒回家就留在那裡,那又意謂什麼?

整件事情都顯得意義不明,但我們可以用兩種方式來詮釋它。森林裡的皇宮似乎告訴我們這皇宮位於集體無意識內。因此,如果他們在故事結束時留在那裡,那就表示他們真的沒入了集體無意識中。但由於他有回家以及其他原因,這說法聽來並不怎麼正確。因此「回家」可說具有相當重要的意義。大多數童話故事裡的主角都會回家,而且往往在回家的路上遭遇無數從未見過的挑戰。我們的主角遇見了一個很特別的難題。在其他童話故事裡,滿心嫉妒的兄弟會攻擊主角、奪走他的寶物或假稱他們才是寶物的發現者。這類情節十分常見,有時是主角親吻母親後就把新娘忘掉了。各式各樣的災難都會在回家的路上發生。

在走進極深之處後,人有必要回到舊世界、也就是意識世界,否則那經歷就會像永遠走不出沒有時間感的無意識夢境一樣。人必須把他的新知覺帶回日常生活裡。舉例來說,榮格就在他的自傳裡提到,在他跟佛洛伊德分道揚鑣後,他潛入無意識內並用很長的時間從事積極想像,然後把這些想像記錄在他稱為《紅書》的筆記裡[5]。他知道他不能發表這些積極想像,而且至今《紅書》都還未出版問世[6]。然而他還是邁出了一

步：「我要把我的發現告訴全人類，但在告訴別人之前，我必須先找到適當的表達形式。」

　　榮格之所以會遇到重大挑戰，是因為他知道，他不能照著他積極想像的原貌來發表它們。他花很長的時間尋找適當形式、一種載具，希望能藉它把自己的經驗表達出來。要直到他發現煉金術之後，他才終於找到這形式。「煉金術就是一艘可以載運它們的船；我可以將我個人的內心經驗倒進煉金術的語言中，因為前人也曾用這語言討論過相同的問題。那是一種客觀的、歷史悠久的、集體共與的、與成千上萬古籍文字相呼應的形式，因此我可以藉它來幫助其他人參與我的經驗。」這應該就是榮格的「帶回家」作為。就他自己而言，在圓滿結束他的積極想像後，他又飽受煎熬地度過了好多年，因為他不知該如何「把它們帶回家」、把它們重新連結到實際生活那裡。他在治療工作上可以自然而然做到這一點，因為他只要對他的病人提起他的經驗就好。但他無法出版發表那些經驗。他知道，如果照《紅書》裡赤裸裸的記載發表那些經驗，他會被人當成神智不清的神祕主義者、瘋子等等。他很清楚那是行不通的。他不能把他在心靈最深處發現的寶藏直接拿去告示還沒準備好的世人。在傳講給世人之前，他必須為這寶藏先找到適當形式的載具。

　　只要你想「帶回」什麼東西，你必會遇到種種挑戰。只要你在心靈深處發現了寶物、經歷到自性，你就會覺得似有必要用某種方式把它告訴於人。我不知道原因何在，但你在薩滿故

事中也會發現這情形。在薩滿巫師完成偉大的北極星之旅或冥間之旅而返回時，他必須「為神靈宣諭」（shamanize）。有一個故事說到一個馴鹿獵人兼有薩滿巫師的身分，但他不喜歡幫神靈宣諭。他常偷溜出去獵捕馴鹿，因為這才是他最喜歡的工作。但每一次這麼做的時候，他都會生起病來。他最後只好讓步，對自己說：「不行，我必須為我的族人服務，我必須把我的心靈經驗告訴我的族人，我不能再一個人過著逍遙自在的獵鹿人生活。」

我們故事中的皇子也肩負這樣的宿命；他註定要去改變當前的世界秩序，因此他有必要把他的經驗帶回這世界。貓堅持要他回家，並要他把亞麻布帶給他的父親。她對他說，只有在他與他所來自的集體意識世界重建關係後，他才能名正言順地留在她身旁。

接著我們就聽到他們之間一段有趣的對話。英雄問：「跟你相處的三天等於別地方的一年，這是真的嗎？」貓說：「是的，甚至更久；你離家已經九年了。」這是一個絕佳的例證，說明了集體無意識中的時間或空間只具有相對性。榮格在他論共時性的文章裡就曾假定或提到：在較深的無意識層次，空間和時間全然失去了絕對性[7]。英雄與貓的這段對話就是一個美麗的例子，可以印證榮格的話。有數以千計的故事都提到，人一旦去到神奇王國或潛入深淵，時間便會變形彎翹起來。它會變得較長或較短，但一般會變得較長。

在著名的故事〈李伯大夢〉（Rip van Winkle）中，李伯在某

個傍晚和幾個巨人在山裡玩九柱球，下山後卻發現自己的村莊消失了，並發現自己已經變成了個虛弱、白髮蒼蒼的老人，也沒有人記得他是誰。他認為他只離開了一個下午，但實際上已經離開了一百年。在許多故事中，主角在天堂住了一天後回家，結果再也沒有人認識他是誰，他的村莊也不見了，然後有人告訴他：「對，對，有個謠傳說三百年前有個男人失蹤了。」主角聽到這話後就立刻解體成了灰燼。在愛爾蘭，時間不存在的天堂一般位於仙山上。有人在仙山待了他認為的幾小時，或在那裡只吃了一頓盛宴，可是他在返家後卻發現人事全非、幾百年的時間也全成了過往。

為什麼我們日常的鐘時到了原型領域就不管用了？原因就在於無意識內的時間或空間不具有絕對性。當一個人進入深層無意識後，他有時會做心電感應的夢，能預見未來或夢到過去，或在夢中看到當時遠方正在發生的真實事件。童話故事常提到這類不可思議的現象。在我們的故事中，主角並未淪於動物層次，而是進入了位於心靈與動物本能相會、但具有真實靈性的超自然原型領域。

然後貓拿起一條鞭子並朝三個方向揮動它，接著便出現了一輛閃電馬車、也就是德國人所說的 *Blitzwagen*（這是個很有趣的字眼）。後來她又照做一遍時，出現的是一輛火馬車（德國人所說的 *Feuerwagen*）。他們坐上這輛火馬車，然後一眨眼就回到了英雄的老家，根本不需要花上九年時間。

我們現在要用擴大對照法來發現貓女的閃電馬車或火馬車

含有什麼意義。在希臘神話中，太陽神赫利厄斯（Helios）擁有一輛火馬車。他的兒子費厄森（Phaethon）偷了這馬車，但由於只有神祇才可以乘坐這馬車，他最後被雷電劈中而告身亡。在日耳曼神話中，雷神索爾（Thor，又名 Donar）有一輛由兩頭公山羊拉行的馬車。當他坐著馬車橫越天空時，雷和閃電便會出現。一般來講，所有神話都說這種馬車是神祇專用的交通工具；它們是載運閃電或火的神奇馬車或太陽馬車。在印度，神祇們常乘著馬車繞境於各城鎮。因此，馬車可說象徵了任何可攜帶神靈的東西。在《神祕結合》一書中，榮格引用了煉金術文獻中的一段美麗文字：

把一條蛇放在四輪馬車裡，然後讓馬車在大地上四處運轉，直到它沒入海洋的深處……就讓四輪馬車留在那裡，讓蛇不斷從鼻中噴出熱氣，直到整片大地……都枯乾為止[8]。

馬車最重要的特色就是它的四個輪子；它是四輪曼陀羅，可以和以西結在異象中看到的馬車相比[9]。由於馬車是人造之物，它可說就是人的整體意識結構，跟動物本能並沒有太大關係。作為意識結構，馬車是為神祇服務的；神祇必須透過人之自我意識這個載具，才能體現或形現。如果人的意識拒讓祂們搭載，祂們將無從動彈一絲一毫。神祇之所以乘著馬車在人群中繞境，顯然具有深刻的目的，是要提醒人們：不知何故被逐出神廟的神如果無法行動，祂就會失去生命力。這就是印度至今還有人會把自己投身到馬車底下的原因。那是一種不自覺的姿態，彷彿在說：「我犧牲性命，是要為那供養神祇的意識服

務。」而其真實意義乃是：「我必須放棄自我、犧牲自我，好讓神祇能夠行動並繼續擁有神力。」

你可以在許多宗教中發現這樣的認知。人們知道，一個不再被人信仰、不再被人意識到的神可說已經死亡。一個無人相信、無人用其名義祈禱、無人記掛的神等於不存在。古埃及人總會把他們的神像拿到尼羅河去清洗，給它們塗上乳脂，然後再把它們帶回神廟。他們的想法是：「如果我們什麼也不做，如果我們沒採取行動讓眾神重生，祂們就會在神廟一角腐朽掉、化為虛無。」人的意識於此具有無比重要性，因為我們必須用意識去察覺原型的生命力。如果我們無法意識到心靈深處具有自主生命的種種原型，後果會是：即使這些原型似乎並不存在，它們的毀滅力量實際上已經瀕於一觸即發的程度。一個不再尊敬、信仰或供養原型的社會之所以會充滿各種替代品、各種病態可笑的政治訴求、各種「主義」、各種致癮藥物，其原因就在於此。由於不再受人信仰的神已經失去生命力、已經麻木不遂而無能作為（因為人的意識已不再運載祂們），人心自然而然就會被一切具有毀滅性的事物給霸佔住。

繞了好一大圈後，我們現在要回到貓那裡。在她揮鞭召喚出火馬車或閃電馬車的那一刻，她表明了她是女神，而不僅僅是貓。她是女神，是聖母瑪利亞的陰影，而不是女人。現在我們可以更加明白肉形寶石所代表的意義。我們的主角想吃肉，但掉入寶石——永恆及神聖之象徵——的懷抱中。這意謂他有必要去認識肉體的神聖面向。到目前為止一直對肉體持著輕蔑

態度的基督徒不能只說：「我現在要丟開那些正經八百的偏見，要去享受美妙刺激的性生活。」那無異是一口把肉吞下，毫無意義可言。如果那麼做，他將無法離開舊王國一步，反而會繼續受困其中，並僅會使這舊王國[10]也被所謂的原罪汙染到，卻不能為之帶來改變。他非得覺悟一件事：肉體和性慾也具有神性並能帶來神啟。

這就是榮格和佛洛依德意見不一的地方。榮格認同佛洛伊德的一個見解：性慾必須被解放並成為人生重要經驗之一，因此人們不應再用禮教潛抑它。但像譚崔教派（Tantra）的信徒一樣，榮格也想說：性是一種宗教經驗。如果你享受性生活的原因只是「這對我的荷爾蒙很有益，也能使我的肉體感到快樂」，你便全然誤解了性的意義，只能算是吃下死肉、腐肉而已。救贖陰性本質與救贖肉體並不是同一件事情。救贖陰性本質指的是救贖肉體的神性和原型面向。我們很難用一般語言把這其中的複雜含意解釋得清清楚楚。

這也就是我們在詮釋童話故事時，一定要鉅細靡遺使用擴大對照法的原因。我們很可能會不經意地說：「喔，這個貓故事不過在說基督教對陰性本質和動物性肉體懷有偏見，然後在它頗具當代意義的後半部，我們看到陰性本質的黑暗面向被統合到意識裡。」這種說法並非一無是處，但充其量也只能說是似乎正確而已，因為它錯失了真正要旨。要正中要旨，我們必須逐一檢視細節：為什麼肉變成了寶石、為什麼貓會擁有通常為神祇所專用的神聖馬車等等。唯有在完全正確檢視這些

細節並使用擴大對照法後，我們才可能真正了解故事背後的意義。否則，我們只是用直覺取得大略印象、取得某種已知事實（即基督教父權思想對陰性本質和肉體本能有所誤解）的大要而已。這是無謂和無意義的，因為，如果要發現那問題，我們並不需要藉助於童話故事。人人都已知道問題是什麼。但這個童話故事的許多奇妙細節卻能讓我們對問題取得更精闢的見解。

註釋

1　Emma Jung & Marie-Louise von Franz, *The Grail Legend*, 2nd ed., trans. Andrea Dykes (Boston: Sigo Press, 1986), 230-231.

2　譯註：此為法國心理學先驅Pierre Janet（1859-1947）的用語，榮格借以闡述創造力萌生或無意識導入人格成長新階段的時刻。

3　Jung, *Psychology and Alchemy*, 2nd ed., vol. 12, *CW* (Princeton, NJ: Princeton University Press, 1993), § 112. 譯按：請參考第五章對contaminated 一字之拉丁文字源的解釋。

4　譯註：此處原文是 "The empress of the cats leads the young man to his bedroom"，不同於第二章之原文 "The empress of the cats … led him to her chamber"。由於兩句都有 lead（帶路）這個動詞，後者應較正確，是以在此仍譯為「她的臥房」。

5　C. G. Jung, "Confrontation with the Unconscious", in *Memories, Dreams, Reflections* (New York: Vintage Books, 1989), 194-225. 編按：*Memories, Dreams, Reflections*已有繁體中譯本，書名為《榮格自傳：回憶‧夢‧省思》，1997年張老師文化出版社出版。

6　原書編註：德文版和英文版的《紅書》已經出版問世。英文版請見C. G. Jung, *The Red Book: Liber Novus*, ed. Sonu Shamdasani, trans. Mark Kyburz, John Peck and Sonu Shamdasani (New York: Norton, 2009)。編按：《紅書》（讀者版）已有繁體中譯本，2016年心靈工坊文化出版社出版。

7　Jung, "Synchronicity: An Acausal Connecting Principle", in *Structure and Dynamics of the Psyche*, 2nd ed., vol. 8, *CW* (Princeton, NJ: Princeton University Press, 1981), §§ 816–997.

8　Jung, *Mysterium Coniunctionis*, vol. 14, *CW*, § 254.

9　見舊約聖經《以西結書》第一章十五至二十五節。

10　譯註：根據前後句，舊王國在此指傳統基督教教義。

返回

貓仍然擁有智慧和神力，然而皇子卻有些軟弱。
他還稱不上是完整的男人，而這就是貓仍然可以
在他身上施展神力的原因。這也是為什麼她要像
貓一樣狡猾、去安排並挑起父子之戰的原因。她
要讓他成為一個男人，並要迫使他採取堅定的立
場來對抗年老的皇帝。她不容許他退卻，反迫使
他學會有話直說。

在前往英雄老家的路上，貓對他說：「拿著這顆堅果，但要等到你父親向你要亞麻布的時候，你再打開它。」他乘著火馬車從天而降，回到他父親和兩個哥哥所在的地方。雖然他很有禮貌地跟他們打招呼，但他們全都嚇壞了。然後父親問他：「兒子，你有帶回什麼東西給我嗎？」兒子答說：「有。」然後就打開貓給他的那顆堅果。他發現堅果內有粒玉米，而玉米粒內有粒麥子。他看到麥子時大怒起來，因為他認為貓欺騙了他：「那貓該下地獄！」就在這時，他突然覺得有貓爪在抓他並看到自己的手上全是血。他擠壓麥粒，然後發現裡面有一粒野草種子。當他剝開種子時，看啊，一百公尺長又細又薄的亞麻布從那裡延伸了出來！他向父親獻上這亞麻布。

我們在此看到，貓把他父親想要的東西放在一個很奇異的形式當中。我們最初看到堅果，然後玉米粒，再然後麥子，再然後野草種子，最後才看到亞麻布。繼四個形式之後出現的才是象徵某種精粹本質的亞麻布。我們現在要用擴大對照法來探討堅果的意義。

堅果常出現在神話文學裡。它們之所以會被人常常提起，是因為它們的殼很硬而且不可食用。人若不知如何敲破那硬殼，就會餓死。但如果成功了，人就會吃到甜美的核仁，其中含有營養非常豐富的脂肪和各種維他命。人也可以把堅果長期保存起來，甚至用來過冬——你可以在秋天採收它們，然後在整個冬天裡把它們拿來當作食物。堅果是人類最原始的食物之一。在中古世紀的神話中，堅果被認為是基督或基督教教義

的象徵，因為它外表很堅硬而且難以破解，但一旦破解了那硬殼，人就會吃到營養而美味的東西。這是中古世紀教父們對堅果做出的詮釋。同樣的原型意念也適用於所有外硬內甘的事物。我現在暫時不談這個，因為我要先談一下玉米粒。

玉米是大地之母生產出來的，因此可與生育力聯想在一起。但由於它和太陽一樣是金黃色的，它也象徵兩極合一。它具有太陽的一個特點，但它也是從大地生長出來的，因此，就像大麥一樣，它屬於大地母親和生育力。在北美印第安人的神話中，玉米扮演了希臘神話中大麥——大地母親德米特的食物——所扮演的角色。我在北美印第安人的文化資料中並沒有發現玉米也具有大麥的另一種意義：死亡和復活。聖經曾說：「如果那粒麥子不落在土裡死了⋯⋯」[1]，其典故與以盧西斯之神祕啟蒙儀式（Eleusinian mysteries）的信仰有關，也就是說死者會回到大地母親的子宮內，就像麥子被種在泥土裡一樣。因此聖經那句話指的是復活之事。希臘人會在家中擺置裝有蜂蜜和麥子的土甕。這些土甕是一種象徵性的室內墳場，被用來象徵冥間和其中的死者。在一場跟我們瑞士人舉行的嘉年華會（Fasnacht）十分相似的慶典中，希臘人會打開這些土甕，認為：由於冥間的大門已經打開，鬼魂將會回到陽間四處遊蕩，並會用三天時間和活人打交道。三天之後，人們邊用神聖的樹枝打掃房子，邊對死者說：「回到冥間去吧。」然後再度把土甕闔蓋起來。

因此，裝有麥子的土甕實際上就是冥間，裝滿了正在大地

母親子宮內休息的死者。它們是冥間的象徵。死者則被稱為 Demetrioi、德米特女神的子民。大麥比玉米發展出了更為細緻的靈性象徵意義，但兩者基本上具有相同的意義。它們都屬於大地母親，都是人類的基本食物，因此象徵了大地的生育力和人類的生命。大麥只是多具備了關乎復活的超自然意義。

我們的主角認為貓欺騙了他。我等一下再來談這個插曲。在他擠壓麥子後，他發現了一粒野草種子。我只能根據主角的憤怒表現來假設：野草種子象徵的是所有一無用處、人們會盡一切力氣拔除的討人厭東西。但在打開它後，他隨即看到了他所追尋、必須帶給父親的亞麻布。（我們之前已經對亞麻布做過擴大解釋。）

我們覺得有些頭痛，不知道要如何解釋：貓為什麼要給他堅果、玉米、大麥、野草、精粹本質之寶物這一系列象徵？

在某些方面，堅果跟自性、或自性的某一面向、或統合一切之無意識的某個面向有關。在英文中，一講到「敲開堅果」（cracking nuts），大家就知道有問題需要解決。「這是顆很難敲開的堅果」(a difficult nut to crack) 則是說問題很棘手而難解，就好比一個人必須使勁壓碎或咬碎堅果一樣。所有容器都具有陰性意義。我們在這裡也許說的是堅果外殼，但整顆堅果則不僅代表陰性本質，更是「完整」的象徵，是一個內裝營養成分的陰性容器。至於玉米，它既是人類所需的另一種基本食物，也是供養大地母親的食物。它含有一切跟營養有關的意義。然後我們看到大麥。它是另一種基本食物，但同時具有超

越的靈性意義。再然後出現了一個毫無用處的東西——當然，第四者通常都是無用之物，而且似乎都必然如此。最後終於出現了人所追求的精粹寶物。

我認為，這四個步驟可比擬於邁向超越功能之個體化過程的必經階段。當我們最初接近無意識時，它就像難以敲開的堅果。我們無法看穿它、無法了解我們的夢境。要了解夢境，我們就得緊咬下去，直到它不再抗拒而讓我們吃到最核心、最有營養的訊息。這是病人在分析療程中常有的經歷。如果先前接受過其他類型的分析治療或從未接受過分析治療，許多嚴重憂鬱症患者或受困於其他問題的人往往會對榮格派分析治療的方法感到不解。我們問「做過任何夢嗎」，然後試想敲解夢中出現的象徵，但他們這時會覺得奇怪：這跟他們的婚姻問題或憂鬱症有什麼關係？要直到他們發現有益生命的訊息會出現於夢中時，他們才會開始了解無意識能夠為生命提供養分。他們依約來到診療室時感覺非常沮喪，但離開時卻覺得好多了、樂觀多了，儘管他們仍無法了解箇中原因。他們已接觸到無意識的滋養成分（其中有堅果和玉米），而這些成分開始把活力灌輸到他們的意識中，使之不再感覺那麼沒有希望。大麥會是下一個步驟。當人開始注意到無意識具有靈啟面向，並發現夢不僅可當婚姻、職業和性生活問題的顧問時，他們便已然來到大麥所代表的復活階段，遇見了大麥的靈性和轉化面向。

然後，意義完全相反的野草卻突然出現了。最初，事情好像都好轉了起來，但現在某種無益之事突然冒了出來。野草當

然也是同一系列事物中的一項；在這系列中，有的東西比較可貴，有的則毫無價值。但這沒價值的東西必然也會因為沒有價值而變得有價值——至少我是這麼認為的。從羅馬尼亞人的角度來看，野草根本就是無用的東西。但是，無用之物必會成為彌足珍貴的東西。無意識中的這個無用面向是什麼？

你最初很難穿透無意識去進入它的核心，但之後你從中吃到了營養——你從無意識所給予的啟示獲得益處，並因此感覺自己的靈性稍稍復活了起來。你然後遇到無用的面向，這又有什麼含意？答案是：你這時要放棄功利的想法，不要只站在意識的立場來利用無意識。你不應在連結無意識時只想獲利。當然，這種放棄利益或犧牲利益通常只會發生於分析療程的較晚階段，因為每個病人最初都是為了獲益——治療他的精神官能症、為無法解決的問題尋求建議等等——才想學會如何與無意識連結的。但在長期接觸無意識後，病人總有一天必須放棄這種想法，不可再把無意識當成提供建議的母親。如果你總想著「我下不了決心，我必須問無意識怎麼說」，無意識這時必會給你一個模稜兩可的答案，而你這時就會大表不滿地說：「無意識沒對我說真話，無意識欺騙了我！」

榮格總說：如果一個人接受分析的時間越長（比如超過十年或十五年）並繼續接受分析，他的夢會變得越來越複雜難解。舉個例來說：許多老同事偶爾會來找我，我覺得很高興，但也很不樂意見到他們，因為他們帶來的夢太複雜了。他們當然自行詮釋了較不複雜的夢，也知道複雜的夢具有什麼意義，

但這些夢顯示了非常棘手、非常敏感的問題。在這情況下，如果我在試圖安慰他們時不能正告他們「嗯，你知道，在接受分析這麼久之後，你的夢已經變得很複雜，複雜到你再也不能使用它們了」，那可是我辦不到的事情。我認為，無意識正在謀算如何讓被分析者斷奶，要使他們在面對它時能擺脫小孩對母親（或小孩對父親）的姿態、不再僅想利用它的建議。它因此把夢變成了密碼式的謎語。如果你能參透這些看起來無用的夢境，你會發現：與其說它們和洞見有關，不如說它們和如常度日有關。它們要人單純活著，而非要人去尋找洞見或領悟。人這時只要單純活著就好。

關於這，我所知的最好例子來自佛教禪宗。在著名的〈十牛圖〉系列中，在大啟示發生後，最後出現的是「頓悟」（*satori*）圖：一個老人拿著行乞的缽碗在市集裡走來走去。圖頌寫著：「他遺忘了眾神、遺忘了啟示、遺忘了一切，但只要他走到任何地方，櫻樹都會開花。」[2]這意指他再度變得一無自覺心。另外一位禪師曾經這麼說：「頓悟後，你大可走進一家客棧，在那喝得酩酊大醉並胡鬧一番，然後繼續做個平常人，再度忘卻頓悟這回事。」這種忘卻當然不是退回原點，不是單單回到之前的無意識狀態。它仍然代表前進，進入道家所說的無用無為、進入單純的「存在」。如此，分析治療的知性面向——追尋洞見和無意識給予的教誨——在相當大的程度上消失不見了。這就是分析治療所追求的更高目標，也是我所以會認為無意識應該變為無用的原因。比起前面的階段，這種無

用可說是更高的造詣。

在英雄獻上亞麻布後，皇帝說：哪個兒子能娶到最美麗的女人，他就能成為皇帝。兄弟們都接受了這要求，而最小的弟弟就乘著火馬車和貓回到森林去了。

我在前面暫沒有討論他打開堅果而發怒的那一幕。他看到玉米和大麥後說：「可惡的貓欺騙了我。」隨後他被無形的爪子抓傷而流血。貓顯然隱形在場；她跟他同來，但不具形體。這一點和火馬車一起證明了她是神，而非尋常的貓。她跟神一樣，具有隱形、無所不在的神能。她是神貓——巴絲帖或別的女神具有隱形能力，但尋常的貓沒有。

在他們抵達森林時，貓問他：「你完成了哪些事？」他把所發生的一切事情告訴她，並說他現在必須找到一個年輕女孩，因為能帶回最美麗新娘的兒子將可以成為皇帝。貓仔細聆聽，但沒有說話。他和貓又同住了一個月，然後有天她說：「你不想回家嗎？」他回答：「喔，我不想回去，我沒有回去的理由。」他們逐漸愛上了對方，然後年輕英雄有一天問貓：「你為什麼是貓？」她答道：「現在還不要問我，改時間再問我；我不喜歡生活在這國度裡，讓我們一起到你父親那裡去吧。」她又拿起鞭子朝三個方向揮動，火馬車隨之出現，把他們一起載往他的老家。

在這裡，使「前進」得以發生的又是貓。年輕男人很滿意現狀，但她並不如此，因為——如她在說話時提到的——她因自己是貓而倍感不快樂。身為貓的她極為痛苦，而如今她把這

痛苦表達了出來。更早之前,她似乎很快樂、完全正常而且對自己身為貓毫不以為意,但現在她說自己不快樂而且不願住在貓的國度裡。在故事首次提到「他們逐漸愛上對方」的時候,便出現了這個情節。她住在森林裡,一向顯得十分快樂,並接納了我們的主角而讓他成為皇帝和她的主人。他們住在一起,但貓現在突然對現狀不滿。他們彼此發展出了人類的情愛關係,然而就在這關係開始成為人性的依附之情時,貓開始不快樂起來。以前,貓不知道什麼是愛情或不曾遇見過愛情,但如今,英雄和她相愛的事實使她開始渴望成為人。

我們在這看到神祇想要成為肉身的衝動。如果男人的阿尼瑪仍然處於鹿、貓或其他動物的狀態,她的力量雖會更強大、更神奇,但卻會缺乏人性。男人的阿尼瑪如果是神貓、神熊或神鹿,我們可說他愛上的是一個想像、一個迷念。這些動物都很令人著迷;凡被視為神聖的任何東西都具有靈啟功能,因而都會令人著迷不已。可以說,如果男人過度受到陰性本質的掌控和迷惑,他將無法視女人為人而與她相連結,更無從與她建立真實關係。他仰慕那女人而窮追不捨,就像獵鹿的猛獸,卻不知道她也是一個人。這說明了為何原型意象會想擺脫神性、多點人性。她想具有人形,以便與男人建立真實關係。

於是他們第二次回到老皇帝那裡。當他們抵達時,皇帝說:「你沒妻子嗎?你還沒結婚嗎?你的妻子在哪裡?」年輕英雄指著金籃裡的貓說:「她在這裡!」皇帝說:「天啊,貓可以給你什麼?你甚至無法跟牠對話!」聽到這話時,貓憤怒

極了，便從籃中跳了出來，逃進了另一個房間。她在那裡翻了個跟斗，重新變成美麗的少女，美得讓人寧可注視太陽，也不敢因為注視她而變成瞎子。

如我們之前說過的，皇帝代表傳統的基督教意識核心，只知把貓當成動物。衝突就在代表新意識的英雄——因為他已體察自己動物面向中的神性以及動物本能中的神祕靈性——和無從察知動物本能具有神性的皇帝之間擦撞了出來。皇帝是充滿偏見的舊意識核心：「那只是頭貓；你能跟貓對話嗎？」

在義大利，如果有人指責他人虐待動物（例如鞭打驢子或一腳把貓踢開），他往往會聽到對方回答：「牠又不是基督徒！」這讓我們發現，基督教的某種教義確實會讓人生出鄙視動物的心理。這種鄙視之所以會發展出來，是跟人類在更早時期尊奉動物為神有關。基督教認為必須推翻那種尊奉，因為那屬於異教信仰。早期基督教教父之所以鄙視動物，並不是因為他們憎恨動物，而是因為他們曾親眼見過人們膜拜動物的情景，因此他們必須說動物的壞話，但這也使得某種鄙視動物的風氣滋生了出來。這一切都起於一種非常強大的禁慾式靈性反動，而反動的對象就是當時正走向腐朽敗亡、靈性盡失、無所自覺、只知縱慾的異教文明。在強調靈性並以之為補償功能時，早期基督教教父卻傷害了動物世界以及人類的動物本能。

不知貓具有神性的皇帝也表露出那種鄙視心理。這觸怒了貓，促使她變成人。他的嘲弄使她不得不展示自己的能力，因此我們可以說，他的輕蔑之語在帶出貓的另一個面向時，也並

非全然不可取。在侮辱和輕蔑貓的時候，他迫使她擺脫了貓的形狀。「我要讓你見識一下！」話才說完，她就變成了人。我們或可說，輕蔑動物神祇的基督教傳統或許仍具有某種價值。這傳統創造了一種張力，使人性有機會從這張力中以更完整的形式顯現出來。貓的跟斗完全顛覆了舊的觀點立場；頭朝下、腳朝上之後，她就回復了正常人形。

有一個男人是某神學家的兒子，患有強迫性精神官能症。他父親用非常、非常嚴謹的基督教教條教育他，甚至負面壓抑他。由於飽受各種偏執意念和精神官能症症狀的困擾，他經常無法入睡。於是他為自己發明了一個儀式，用以面對失眠。在禱告、上床和熄燈後，他會先向前翻一個跟斗，然後再向後翻一個跟斗；如果不這麼做，他就無法入睡。在慶祝卡爾·邁爾（Carl. A. Meier）六十歲生日的一本文集中，松雅·馬雅許（Sonja Marjasch）博士用擴大對照法寫了一篇文章討論翻跟斗這個母題，讓我們得知翻跟斗基本上就是顛倒現狀[3]。這人的強迫症實際上是要他知道：他必須放棄他現在的觀點立場，把它整個倒轉過來，然後再轉回去。這樣他的問題才能迎刃而解。

每一種強迫症——無論它的具體形式如何困擾人的生活——都是一個具有象徵意義的訊息。如果一個人緊張到必須不斷洗手，他真正該做的應是清洗他的心靈，而不是洗手兩千遍到脫皮的地步。這個男人的翻跟斗儀式當然十分可笑，甚至顯示了他受困擾的程度，但也把他應有的心理作為表達了出

來。要能好好生活，他必須全然改變自己的觀點和立場兩次；他必須對抗父母加諸他身上的嚴格基督教教養，然後再重新把這教養納入個人生活中。他必須重新拿回原來的觀點立場，但有必要採取不一樣的態度，然後才有可能獲得醫治。遇到強迫症症狀時，我們必須問一個問題：那症狀究竟想說什麼？

在童話故事裡，翻跟斗往往就是一種轉化方式。但它也是一種復活儀式，如我們在古埃及人葬儀中所看到的——他們常在國王墓穴的牆壁上畫上侏儒翻跟斗的圖像（這些侏儒擺出各種體操姿勢，但最常見的就是翻跟斗），以襄助國王的復活。復活就是翻跟斗之狀：你倒轉到下方，然後用新的形式轉回向上。這也可能跟母親子宮內的嬰兒在正常出生前會翻個跟斗、讓頭先鑽出來有關，因而我們也可在翻跟斗和出生之間畫上等號。大概就是基於這一觀察，古埃及人會找來許多小丑和侏儒（很可能就是埃及人抓來的叢林小矮人），要他們在國王葬禮的遊行路線上沿途翻跟斗。根據記載，沿途舉行這種翻跟斗節目，目的就是要使國王能步步走上重生之路。

貓把這重生儀式或轉化儀式上演出來，成為了一個美麗的少女。走出房間後，她直接走到年輕英雄的面前並擁抱他。見到這情景的父親和兩個哥哥全愣住了。父親開始百般殷勤地對兒子說：「你的的確確娶到了最美麗的妻子；你必須繼承我整個帝國！」但少女無法長保人形；就在年輕英雄對他父親說「不，父親，我已經有了一個帝國和皇冠」之際，她又翻了一個跟斗，然後再度變成了貓並回到她的小金籃裡。皇帝然後摘

下皇冠，把它戴在長子的頭上。

年輕英雄帶著貓回到他們自己的家，但在路上，由於她未曾長久維持美麗女人的形狀而再度變成了貓，他開始指責她。她不能長久維持美麗女人的形狀，你認為真正的原因何在？她之所以又變成貓，是因為年輕男子還沒為她的轉化做出任何貢獻。年老皇帝的嘲弄促使她變形了一次，但我們的主角迄今還沒做出任何能救贖她的事情，反而只想跟她回到貓國。他可說患了一種毛病：過於倚賴慣性心態（inertia）做事。他指責她沒能維持美麗女孩的形狀，可是他自己迄今都還沒有為這盡過一點心力。如要恆久轉化為人，她不能沒有他的合作。由於長久以來他早已充滿許多疑惑而始終不得其解，現在更是耐性全失，因此她對他說：「我回去後會跟你解釋為什麼我必須是頭貓。我受到過詛咒。」於是他們回到森林的家、如常生活下去。

有一天年輕英雄出外打獵去了，貓趁機磨銳了三把匕首。他回來後，他們談了一會兒，然後貓就假裝生起病來。接著——如果我們還記得——她要求他割掉她的頭和尾巴。這是最後的轉化，因此貓必須用從容的態度來進行這件事情，因而沒有在他們回來後馬上告訴他該如何救贖她。她細心準備匕首並假裝生病，希望英雄會願意為她的病做點什麼。然後她要求他割掉她的頭和尾巴。

她為什麼要這樣慎重行事？我們必須想像英雄的處境，同時也要記住：身為某種心理學家，貓有必要讓他做好心理準

備。他甚至連磨利匕首都做不來，因此她必須做好一切準備，以免他有藉口拒絕她的要求。如果她直接要求他割掉她的尾巴，他會馬上拒絕的。如果她要求他割掉她的頭，他更不可能答應，因為他深愛著身為貓的她。因此她確有必要讓他做好心理準備。她必須準備好武器，也必須讓他為她的病心焦如焚到一個地步，使他願意不顧一切來完成她所要求的事情。我們在這裡看到貓多麼聰慧絕頂。但只有在我們探討割掉貓頭和割掉貓尾這兩個母題的意義後，我們才能了解這準備過程為什麼要這麼長。

貓假裝生病後，英雄問：「親愛的，你怎麼了？」她答說：「喔，親愛的，我生了重病。如果你愛我並願意幫助我，請割斷我的尾巴！它太大太重，我再也沒有力氣拖著它了。」年輕英雄抗議起來：「不，我寧可自己先死，你不可以死！我有藥膏可以治療你。」但由於她更加堅持、再三要求他必須割斷她的尾巴，他終於照做了。之後發生了什麼事？她變成了一個少女，但只變了一半，因為她臀部以上仍是貓。她要求他割掉她的頭時，他同樣大加反對。我們現在先談一下貓的尾巴。

貓和狗——尤其貓——會用尾巴表達牠們的情緒。大多數動物的頭臉都位於正前方，但牠們還有另一個頭位於身體後方，那就是牠們的尾巴。康拉德‧勞倫茲（Konrad Lorenz）寫過許多文章討論動物的「後臉」、牠們用來表達情緒的尾巴[4]。貓很神奇，尤其會如此使用牠們的尾巴。快樂的時候，牠

們會豎起尾巴並在尾巴頭打個小卷，然後躺下來。被惹惱的時候，牠們會拍打一下尾巴，但一旦受夠了，牠們就會突然發動攻擊。人從來就不該被貓抓傷的，因為貓總會先用牠的尾巴、用神經質的拍尾動作向人提出警告。我們故事中的貓當然也用她的尾巴表達她的情緒、情感、愛意、攻擊性、惱怒和友善。割斷她的尾巴具有什麼心理意義？

我們在這裡有一頭神貓阿尼瑪、一個女神。為了讓她成為人，她的尾巴必須被割斷。一般而言，如果說有什麼東西變成了人，我們是指它已經可以被整合到人的意識中。如果夢中出現的東西具有人形，你可以對你的病人說：他應該已有能力整合這個意象。但只要夢中出現的東西不具人形，你就不能對他有這種期待，因為他還不具有這樣的能力。在整合那意象前，他必須先看見並認出它。阿尼瑪必須先變為人，她才能被整合到意識裡。如果尾巴表達無意識情感，割斷它就意謂：分析它、明辨它、區分它、把它切解為段。只有在男人能自問「現在，**那**又是怎麼一回事？」之後，他才有可能明辨和剖視自己內在的動物情感或衝動情感。舉個例來說，有個男人突然不滿他的女友；這時，如果他不割斷自己的貓尾巴，他必會把這情緒發洩在女友身上。如果他能克制不滿，並用人的身分自問「我為什麼會這麼不滿？我為什麼會有這種感覺？」，他就是在割斷尾巴、切開自己的不滿並剖析它。「為什麼她一做什麼事情，我就馬上惱怒起來？」藉著這樣的自問，男人才能夠分析他的阿尼瑪尾巴，讓他明白為何他的阿尼瑪會突然猛拍起地

板來、為何他會覺得那般火大。

在這種不滿情緒的背後，通常存在著相當深層而且複雜的問題。男人如想捕捉自己的阿尼瑪並開始整合它，最好的方式就是質問那些自動出現的情緒，比如：「為什麼我今天一起床就發脾氣？」你一醒來就心情欠佳，而且早餐也已經冷掉了，這時你可以對任何人咆哮，但如果你開始分析「為什麼我一醒來就這個樣子？這有什麼原因？它真正顯示的是什麼問題？」，你才有可能察覺自己內心正在發生什麼事情。

現在我們的貓女神在臀部以下已經變成了人，但在那以上，她仍然是貓。她現在看起來跟圖像中的巴絲帖女神很像，不再像動物，反而像女神。因此，尾巴顯然跟女神面向無關，但與動物面向有關。它代表了所有的肉體反應、動物的本能反應。尾巴在身體後端、在她的動物端上，而頭則在她的神性端上。我們的主角必須先割斷尾巴這個端點；也就是說，他必須先分析自己的肉體和情感反應——這些當然也包括了他的性慾反應。他必須分析所有關乎他動物天性的事情。當他的阿尼瑪用各種不同方式搖尾巴時，他必須有能力去分析正在發生的事，好讓她能成為人。

這故事令人好奇的一點是：貓是從下往上變成人的。我從來沒見過這樣的母題。貓沒有從上往下變為人，而是從她的尾巴。這在告訴我們：如果男人想讓他的阿尼瑪貓進入意識中，他必須從尾巴——也就是他的動物反應——那裡開始做起。動物反應指的不僅是性慾，還包括了其他所有的肉體本能反應，

如攻擊性、性幻想、惱怒、著迷等等一切出自肉體的東西。它也包括性交時的感官反應和情緒反應。男人必須用這種分析方式去察知自己的阿尼瑪以及所有因她而生的幻想。但她此時仍只是半個人。她失去了動物特性，如今看來很像埃及圖像中貓頭人身的巴絲帖女神。

我們的貓女神這時又提出了要求，要英雄割掉她的頭、好讓她完全變成人。這又具有什麼心理意義？

我們在投射想像中認定：智力、視覺、洞見、知覺全都位於我們的頭部。但如果運用在動物身上，這種想法就不怎麼切合科學，因為動物的頭只聚集了牠們的嗅覺、視覺、聽覺和環境意識。我們與動物不同，不是用看及嗅對方臀部的方式、卻是用注視對方臉孔的方式來彼此打交道。我們一般會藉直視對方的眼睛或表情，來和人類及動物建立心靈關係。那麼，現在英雄必須割下貓的頭臉，這代表什麼意義？

這充滿了極神祕的意義。我們的動物面向具有神性，也帶有動物本能。割斷尾巴時，男人察覺到了自己的動物本能面向。但他還必須察覺會思考的貓也有神性面向。我們暫且不談尋常的貓會在牠們的腦袋中想些什麼事情。讓我們先來談一談：我們把什麼東西投射到了神貓或巴絲帖的頭上？巴絲帖會思考嗎？請記住我們先前在討論巴絲帖時說過，她總是想著慶典、生育力崇拜、音樂和魔法。魔法非常重要，因為它是一種靈性作為。巴絲帖想到的是歡愉、歡愉驅力（the pleasure principle）、村民同享聖餐等等事情，而這一切構成巴絲帖靈

性思考的內容。你或許可以這樣總結說：巴絲帖的頭裝載了生命的魔法。

對男人來說，正面阿尼瑪就是生命的魔法。這就是為什麼一個與阿尼瑪失去接觸的男人會那般枯燥無味、偏重智性、缺乏生命力的原因。我有時甚至會把阿尼瑪定義為生命力的激發者。任何能激發或強烈吸引男人的東西都出自正面阿尼瑪。這就是為什麼一個跟阿尼瑪只有負面關係的男人會感覺沮喪、無法在任何事情上找到樂趣、只知一逕批判所有事情的原因。我們都認識些一到餐桌上就批評妻子的男人，不是嫌湯不夠鹹，就是嫌肉煮得太老，然後自顧自看起報紙來。那就是負面阿尼瑪在作祟；這些男人跟自己的貓失去了接觸。

因此我們可以說：正面阿尼瑪、女神巴絲帖阿尼瑪就是生命力的激發者和生命的魔法。要使阿尼瑪成為完整的人，男人還必須割斷、分析她的頭，因為如果不這麼做，他就會把那些正面性質投射到女人身上，總期望女人來激發他的生命力、成為他生命中的魔法師，而這都起因於他失去了阿尼瑪，以致沒有能力自行這麼做。因此我們看到許多男人都依賴溫暖的、和善的、美麗的女人；只有在受到這種女人的照顧時，他們才會覺得快樂。這樣的女人一走開、去做別的事或得了流行性感冒，男人便立刻跌進黑洞裡，只因為他們對那被投射出去的阿尼瑪懷著嬰兒般的依賴心理。要使他們的阿尼瑪人性化，他們就必須不再寄望從配偶身上找到生命魔法，卻必須寄望自己並且明白：生命魔法乃是他們自己心內之阿尼瑪的神聖面向。他

們必須知道自己心內的阿尼瑪並不同於他們投射到女人身上的阿尼瑪幻想，這樣他們才能擺脫非人阿尼瑪或超人阿尼瑪的挾制，也才能跟真實的女人相處。藉著割頭割尾，他可以說同時割斷了阿尼瑪幻想的非人與超人面向。他使阿尼瑪變成了人，然後他才能把自己的種種感覺統整起來，繼而才可能在他與配偶的相處中表達這些感覺。

英雄拿起第二把匕首割斷貓的頭之後，一個美麗的少女隨即出現在他眼前。宮中所有的貓都恢復了人形，而整座城也恢復了當年的原貌。大家都向皇后歡呼，而我們的主角也幸福洋溢地把這美麗少女擁入懷中並親吻她。她對他說：「從此你就是我的丈夫了。我之前一直活在上帝之母的詛咒下，除非我能遇到一個願意把我的頭割下來的皇子。你就是他，現在我們一起到你父親那裡去吧。但你要提防你的哥哥們，因為他們想要殺你。」於是他們回到他父親那裡。

這很奇怪：既然他的哥哥們想殺害他，他們為什麼要回去？他父親喜出望外地出門迎接他們並愛上了他美麗的媳婦。為了霸佔這少女，他想殺死自己的兒子，於是對兒子說：「你去打獵吧，我想吃鹿肉。」在兒子出發後，皇帝便往貓女的房間走去，但路上有一頭貓從他面前穿越而過。他要求媳婦愛他的時候，她伸手打他耳光並大喊：「你想做什麼？你這老色魔！」她在丈夫回來後把他父親所做的事情告訴他，並說：「我們必須立刻離開這裡，我們回家吧。」

這貓顯然還沒有失去她的神力和魔法，因為她能預知未

來的危險。在老頭攻擊她後，她說：「我們必須立刻離開這裡！」可見她還擁有正確的動物本能和神奇的知能，知道該怎麼做。但她也顯然言行不一：她明知有危險、明知必須小心，還是不顧一切去到老人的皇宮。雖然她確知老皇帝會性侵她，她還是讓她的丈夫出門打獵去。我們要如何解釋這樣怪異的行為？

我的感覺是：她想挑戰過時的體制，以便為推翻這體制找到合法性。如果他們最後只在已獲救贖的森林皇宮內快樂地度過餘生，老皇帝將會仍舊和他兩個兒子統治著他們的王國。當然，按照故事的實際發展，老皇帝最終遭到了挫敗。我們可以說，她的做法很合乎我們常在貓身上看到的一種習性。一旦有什麼事情挑起她的鬥志時，她會一邊告誡自己「那很危險」，一邊卻硬要挑釁一番、甚至大打一架才甘心。這大概也就是她掌摑老皇帝的原因。然而，老皇帝想霸佔自己的媳婦，這又是什麼意思？

我們可以在別處找到類似的情節，但那些都不如我們的故事具有戲劇性。格林童話故事中的〈忠實和不忠實的費迪南〉（Ferdinand the Faithful and Ferdinand the Unfaithful）也說到國王派主角去為他尋找一個美麗的公主[5]。當主角把美麗的公主帶回王宮並樂於把她交給國王時，公主說：「不行，我不要和那位老先生結婚；我要和征服我的那個男人結婚。」她後來用魔法殺掉國王，然後嫁給了主角。在這故事中，我們也看到老國王——他想擁有阿尼瑪、美麗的女人——和主角之間的競

爭。但這競爭並不太激烈，因為主角畢竟曾為國王帶回那個美麗的女人。我們故事中的貓女卻是兒子的合法妻子，而皇帝竟想跳進來把她佔為己有。

老皇帝是指陳腐的基督教意識型態。年邁的意識型態想擁有剛剛才獲得救贖的陰性本質，這立刻讓我們想起兩個好色長老想佔有蘇珊娜的故事[6]（許多文學和藝術作品都曾以這個故事為主題）。在真實生活裡，我們隨處都可以看到這類故事。但在象徵層次上，這是指新酒裝在舊瓶裡。皇帝象徵舊的意識中心，想要整合或利用來自另一個領域的新生命。他想要同化它，即使殺掉它也在所不惜。如果貓女願意嫁給這老人，可憐的她在一年之內就一定會變成不快樂的黃臉婆。

我們常看到衣著像嬉皮的五、六十歲中老年人四處流浪嗑藥，盡做著一九六〇、七〇革命年代所風行的事情，讓人直感覺他們就是那些用幼稚方式踐行新式想法的年邁國王。我只能用「可笑」兩個字來形容他們。另有些情況則出自可議的動機。由於無法吸引會眾，一些言語乏味的神學家有時會邀請我去演講榮格心理學，希望藉此能把會眾吸引回來、重新填滿教堂的座位。但一旦教堂客滿了，他們就把我推到一旁，開始攻擊榮格心理學，並重新傳講老套冗長的道理。他們一字不改地照舊宣揚過去所宣揚的東西，卻想把新生命填入他們早已失去生命的神廟裡。沒有一頭貓能容忍這種事情的。

有個年老的神學教授曾找過榮格，要求榮格跟他私下談一談。榮格接待了他，但神學家說：「來，現在請你告訴我：女

人都很仰慕你，你的訣竅是什麼？我很想聽一聽。」榮格說：「知識和勤奮工作就是我的訣竅。再見，教授！」但那人並不死心，始終認為榮格一定有什麼訣竅。他於是邀請了幾個漂亮的女學生到他的研究室，然後不是半敞著他的長褲、就是赤著雙腳，心裡想：「這大概就是訣竅了！」這就是老皇帝的行徑。

皇帝先是想霸佔貓女，但她大加抵抗，因此他把夫妻倆都關到牢裡。他們逃出後組成大軍向父親宣戰。我們知道所有的貓現在都變成了人，但他們仍然被稱為貓，很可能是要讓人知道這支大軍的成員原本就是貓。兒子戰勝了並摧毀了父親的軍隊，只有父親一人倖存下來。慘敗而筋疲力盡的父親對兒子說：「請原諒我，親愛的兒子！ 我一輩子都沒做過壞事，請公正審判我，然後你可以公正地統治我的帝國。」隨後，在故事尾出現了「我從哪裡來？我已經告訴過你們」這樣的話。這是說故事者的「退場儀式」，不再與故事有關。

貓仍然擁有智慧和神力，然而皇子卻有些軟弱。他還稱不上是完整的男人，而這就是貓仍然可以在他身上施展神力的原因。這也是為什麼她要像貓一樣狡猾、去安排並挑起父子之戰的原因。她要讓他成為一個男人，並要迫使他採取堅定的立場來對抗年老的皇帝。她不容許他退卻，反迫使他學會有話直說。她的所為跟我的想法不謀而合：新事物不應平平順順地被注入舊習性裡。某些新事物需要人誠實承認它們的確具有新意，並願意為它們挺身而出；否則新能量必會喪失殆盡。

我有一次去探訪一群年老的親戚，然後在那個晚上夢見巨大災難。之前在清醒有意識時，我曾認為他們全是可怕的老怪物而暗自嘲笑他們，然後我就回家了。但那還不夠，因為我的無意識說：「不行，這實在很危險。」榮格也認為如此。他說：「是的，如果一個人不持續向前走，過去就會把他捲吸回去。過去就像巨大的龍捲風，不斷想把一個人吸回去；如果不前進，你就只會倒退。你必須拿著新火炬不斷向前走。不僅歷史需要如此，你自己的生命也需要如此。只要你一滿心哀愁地（或滿懷輕蔑地）回顧過去，過去就會再度掌握你，因為它力大無比。」因此，打敗老皇帝指的就是：用決心和不為所動的心志堅定持守新而不同的事物。

　　榮格心理學也應該如此。我的一些同事對我大表不滿，因為我反對大家從榮格這裡挖點東西、再從別處挖點東西、把它們混成雞尾酒、然後把榮格心理學再度稀釋成毫無新意的十九世紀哲學。我個人深信榮格心理學是驚天動地的新創見，但許多人卻寧可把它重新吸收到舊思想體系，然後說：「喔，那只不過是……那和那！」榮格心理學當然有歷史淵源，不是從天上掉下來的，而且榮格必定受到許多歷史先人的影響。但他用以檢視無意識的方法、他與無意識共處的實際做法、以及他用來說明無意識的方式都全然不同於任何學派。榮格心理學是嶄新之事，不容人把它稀釋成過去事物的一部份。

　　但任何新事物都可能遭遇這種事情。早期基督徒就曾遇到相同的問題：一些異教神祕信仰很快就出聲說：「喔，耶穌基

督——他不就是奧斐斯（Orpheus）和戴奧尼索斯（Dionysus）嗎？」在一個被挖掘出來的神祕教派石窟裡，考古學家曾在地上發現一片嵌瓷，上面畫有葡萄並刻著「耶穌戴奧尼索斯」的文字。人們總會受到極其強大之心理驅力的影響，習慣把全新之事和過去接合起來、把新訊息譯轉為舊訊息，卻不願意倒過來為之。如果新訊息和舊訊息非常相似，大家一定會問：要如何譯轉新訊息？因此早期基督教的教父們必須不斷強調：「雖然基督和戴奧尼索斯、奧斐斯等等很相似，但他不同；他是新來者，是另一種生命之道。他不是已知之神的另一個版本。」這一認知十分重要，否則新事物所具有的生命力就會再度消失、再度變成乏力無趣的舊事物。老皇帝一向就想用這種方式來對付新生命的可能性。

　　個人生命也會如此倒退。離鄉者在重返故里時會經歷到這種倒退；重回老工作崗位或老環境的人也會經歷到。「過去」追趕上來並逮住他們，然後由於不夠堅定和缺乏膽量，許多人從此就困在那裡。人在某些情況下有必要和過去切割並對自己說：「那已結束了、已成過去了！」在我自己的生命裡，讓我最感痛苦的一件事情是：在費了一段時間從榮格那裡接受心理分析後，我開始覺得自己跟許多朋友——他們只是玩樂同伴，並不能算是我真正的好友——格格不入起來。我突然間發現他們無趣透了、我已經超越他們了、我無法再和他們溝通了。他們只想繼續用一向膚淺的態度生活，但如果我硬著心腸擺脫過去，我必然會顯得極端冷酷無情。在某些情況裡，我真的感

到十分左右為難、不知如何是好。有些老友當然是我真正的朋友，因此我毫無遲疑地繼續和他們做朋友。但另有許多是我以前跟著一起做老掉牙蠢事的朋友；如今我們的友誼已經失去了活力。

這個童話故事讓我們發現：貓就是老皇帝所渴望而派兒子們去尋找的亞麻布。舊生命在其無意識中或在其某種想像中察覺到自己欠缺了什麼。然後，當欠缺的東西出現時，舊生命就想佔它為己有，儘管雙方之間差隔了一代之遠。遇到這種情況時，我們必須不理睬老皇帝、不理睬過去，因為基督說過：「就讓死者埋葬死者吧。」[7]

註釋

1 新約《約翰福音》第十二章第二十四節：「我實實在在告訴你們，一粒麥子若不落在地裡死了，仍舊是一粒；若是死了，就結出許多子粒來。」(繁體中文和合本聖經)

2 J. Marvin Spiegelman and Mikusen Mijuki, *Buddhism and Jungian Psychology* (Phoenix, AZ: Falcon Press, 1985), 113. 另見 Marie-Louise von Franz, *Alchemy: An Introduction to the Symbolism and the Psychology* (Toronto: Inner City Books, 1980), 160. 譯按：原中文圖頌為「露胸跣足入塵來，抹土塗灰笑滿腮，不用神仙真祕訣，直教枯木放花開。」

3 Sonja Marjasch, "Der Purzelbaum", in *Spectrum Psychologiae* (Zurich: Rascher, 1965), 91-96.

4 Konrad Z. Lorenz, *Man Meets Dog*, trans. Marjorie Kerr Wilson (London: Methuen, 1954).

5 Grimm and Grimm, *Grimm's Fairy Tales*, 566-570.

6 譯註：見天主教聖經《達尼爾書》第十三章。新教聖經並未記載此一故事。

7 新約《路加福音》第九章第六十節。

延伸閱讀

- 《公主走進黑森林：榮格取向的童話分析》（2017），呂旭亞，心靈工坊。

- 《積極想像：與無意識對話，活得更自在》（2017），瑪塔‧提巴迪，心靈工坊。

- 《與狼同奔的女人》【25 週年紀念增訂版】（2017），克萊麗莎‧平蔻拉‧埃思戴絲，心靈工坊。

- 《附身：榮格的比較心靈解剖學》（2017），奎格‧史蒂芬森，心靈工坊。

- 《解讀童話：從榮格觀點探索童話世界》（2016），瑪麗 - 路薏絲‧馮‧法蘭茲，心靈工坊。

- 《孩子與惡：看見孩子使壞背後的訊息》（2016），河合隼雄，心靈工坊。

- 《故事裡的不可思議：體驗兒童文學的神奇魔力》（2016），河合隼雄，心靈工坊。

- 《榮格心理治療》（2011），瑪麗 - 路薏絲‧馮‧法蘭茲，心靈工坊。

- 《轉化之旅：自性的追尋》（2012），莫瑞‧史丹，心靈工坊。

- 《榮格解夢書：夢的理論與解析》（2006），詹姆斯・霍爾博士，心靈工坊。
- 《童話心理學：從榮格心理學看格林童話裡的真實人性》（2017），河合隼雄，遠流。
- 《童話的魅力：我們為什麼愛上童話？從〈小紅帽〉到〈美女與野獸〉，第一本以精神分析探索童話的經典研究》（2017），布魯諾・貝特罕，漫遊者文化。
- 《神話的力量》（2015），喬瑟夫・坎伯，立緒。
- 《希臘羅馬神話：永恆的諸神、英雄、愛情與冒險故事》（2015），伊迪絲・漢彌敦，漫遊者文化。
- 《丘比德與賽姬：陰性心靈的發展（修訂版）》（2014），艾瑞旭・諾伊曼，獨立作家。
- 《用故事改變世界：文化脈絡與故事原型》（2014），邱于芸，遠流。
- 《榮格自傳：回憶・夢・省思》（2014），卡爾・榮格，張老師文化。

中英譯詞對照表

※編按：體例為中文／英文／第一次出現章名

二劃

人格 personality　第一章

人類遠古時期 Dreamtime　第三章

三劃

大馬士革的聖約翰

　　John of Damascus　第三章

叉鈴 sistrum　第四章

女神海克緹 Hecate　第四章

四劃

中保 mediatrix　第三章

中陰界 Bardo　第三章

幻影說 Docetism　第三章

心理基模 schema　第一章

心靈中身心交會的所在

　　psychosomatic realm　第四章

五劃

以西結書 Ezekiel　第三章

以盧西斯之神祕啟蒙儀式

　　Eleusinian mysteries　第七章

加利利 Galilee　第三章

卡爾·邁爾 Carl. A. Meier　第七章

四位一體 quaternity　第五章

尼可拉斯·庫斯 Nicolaus Cusanus　第五章

布巴絲帖城的守護女神

　　Lady of Bubastis　第四章

弗雷雅 Freya　第四章

弗雷澤 J. G. Frazer　第二章

生殖力女神 goddess of fertility　第三章

六劃

各地英雄傳奇 local sagas　第一章

同濟會 Freemasons　第二章

因努特人 Inuit　第三章

朱比特 Jupiter　第五章

米尼雷阿斯 Menelaus　第三章

米思拉絲女神神話

　　Mithraic mysteries　第三章

肉體慾望 fleshly desire　第五章

艾希絲 Isis　第三章

艾恩希登鎮 Einsiedeln　第三章

自我意識沉降

　　abaissement du niveau mental　第五章

艾莉森·開伯斯 Alison Kappes　前言

七劃

伯多祿·達米昂 Peter Damian　第三章

伯恩高地 Bernese Highlands　第五章

何處有利，我就往何處去

　　ubi ben ibi patria　第五章

克利虔·德圖阿 Chrétien de Troyes　第六章

克拉拉·史托伯 Klara Stroebe　第七章

戒酒無名會 Alcoholics Anonymous　第二章

李伯大夢 Rip van Winkle　第六章

李約瑟 J. Needham　第二章

狄迪莫 Didymus　第三章

八劃

亞他拿修 Athanasius　第三章
亞特拉斯 Atlas　第三章
具有靈啟作用的事物 numinosum　第七章
拉 Ra／第四章
松雅‧馬雅許 Sonja Marjasch　第七章
油梨樹 persea tree　第四章
泛靈信仰 animism　第三章
波羅米尼 Borromini　第三章
金枝 The Golden Bough　第二章
阿尼瑪 anima　第一章
阿尼姆斯 animus　第二章
阿瓦隆 Avalon　第三章
阿提米絲 Artemis　第四章
阿嘉莎‧克莉絲蒂 Agatha Christie　第四章

九劃

哈布斯堡帝國 Habsburg Empire　第二章
政教相爭
　　Sacerdotium versus Imperium　第二章
查士丁尼 Justinian　第三章
柯梅尼 Ruhollah Khomeini　第二章
活在肉體裡 living in the flesh　第五章
派利斯 Paris　第三章
約雅敬 Joachim　第三章
英雄小孩 hero child　第二章
負面母親 negative mother　第一章
負面母題 negative motif　第一章

十劃

原型母題 archetypal motif　第一章
原型事件 archetypal material　前言
原型夢境 archetypal dream　第一章
埃波非斯 Apophis　第四章
娥那特 Anat　第三章

宮廷愛情 courtly love　第四章
席哈克略 Heraclius　第三章
恐怖母親 the Terrible Mother　第四章
拿先斯的貴格利
　　Gregory of Nazianzus　第三章
拿撒勒 Nazareth　第三章
海絲佩拉蒂絲仙女們 Hesperides　第三章
特土良 Tertullian　第三章
神母 Theotokos　第三章
神祕結合 Mysterium Coniuncionis　第六章
納西士 Narses　第三章
紛爭女神艾莉絲 Eris　第三章
退場儀式 rite de sortie　第一章

十一劃

婚合 coniunctio　第二章
康拉德‧勞倫茲 Konrad Lorenz　第七章
彩虹人 Rainbow Man　第三章
條頓民族 Teutons　第四章
液體 solutio　第五章
莫丘里阿斯 Mercurius　第四章
蛇形巨人泰風 Typhon　第四章
陰性本質 feminine principle　第二章
陰影 shadow　第三章

十二劃

凱爾特人 Celts　第四章
勝利女神奈琪 Nike　第三章
普萊恩 Priam　第三章
無意識 unconscious　第一章
進場儀式 rite d'entrée　第一章
雅各‧布姆 Jakob Boehme　第五章
雅各福音 Protevangelium Jacobi　第三章
集體意識之主宰 the dominant of collective
　　consciousness　第二章

十三劃

奧匈帝國
    Austro-Hungarian Empire　第二章
奧利振 Origen　第三章
奧賽里斯 Osiris　第三章
意識我 ego　第一章
愛芙蘿黛蒂 Aphrodite　第三章
愛欲 Eros　第二章
愛都娜 Iduna　第三章
獅頭女神賽克美 Sekmet　第三章
瑜尼女像 Yoni　第六章
瑞士烏里邦利登鎮 Riedern in Uri　第三章
經院派教士 scholastic teacher　第五章
聖母無原罪 Immaculata　第三章
聖母蒙召升天 Assumptio　第三章
聖母論 Mariology　第五章
葛蘭言 Marcel Granet　第二章
道成肉身 the Incarnation　第三章

十四劃

瑪利亞和救主基督 Liber de Mariae et Christi
    salvatoris　第三章
瑪利亞誕生福音書
Evangelium de nativitate Mariae　第三章
赫丘里斯 Hercules　第三章
赫利厄斯 Helios　第六章
赫洛斯 Horus　第三章
輔導 counseling　第一章

十五劃

德米特 Demeter　第五章
德西朵–阿塔阿提絲
    Derceto-Atargatis　第三章
歐瑟伯 Eusebius　第三章

十六劃

諾斯底教派 Gnosticism　第三章
貓頭女神巴絲帖 Bastet　第三章
閾限時刻 coming to a threshold　第一章
霍皮人 Hopi　第五章
默西亞‧埃里亞德 Mircea Eliade　第七章

十七劃

幫神靈宣諭 shamanize　第六章
戴奧尼索斯 Dionysus　第三章
聯想 association　第一章
聯想之網 web of associations　第五章
薇薇安‧麥克羅 Vivienne Mackrell　前言

十八劃

薩能小鎮 Sarnen　第五章

十九劃

獸尾慶典 Sed Festival　第二章
類分裂型人格 schizoid　第四章
羅伯‧德波宏 Robert de Boron　第六章

二十一劃

魔幻依附 magical attachment　第五章

二十四劃

靈性水銀 The Spirit Mercurius　第四章
靈啟經驗 numinous experience　第一章

英中譯詞對照表

※體例為英文／中文／第一次出現章名

A

abaissement du niveau mental
　　自我意識沉降　第五章

Agatha Christie 阿嘉莎・克莉絲蒂　第四章

animism 泛靈信仰　第三章

Aphrodite 愛芙蘿黛蒂　第三章

Apophis 埃波非斯　第四章

archetypal material 原型事件　前言

Artemis 阿提米絲　第四章

Assumptio 聖母蒙召升天　第三章

Athanasius 亞他拿修　第三章

Avalon 阿瓦隆　第三章

Alcoholics Anonymous 戒酒無名會　第二章

Alison Kappes 艾莉森・開伯斯　前言

Anat 娥那特　第三章

anima 阿尼瑪　第一章

animus 阿尼姆斯　第二章

archetypal dream 原型夢境　第一章

archetypal motif 原型母題　第一章

association 聯想　第一章

Atlas 亞特拉斯　第三章

Austro-Hungarian Empire 奧匈帝國　第二章

B

Bernese Highlands 伯恩高地　第五章

Borromini 波羅米尼　第三章

Bardo 中陰界　第三章

Bastet 貓頭女神巴絲帖　第三章

C

Carl. A. Meier 卡爾・邁爾　第七章

Celts 凱爾特人　第四章

Chrétien de Troyes 克利虔・德圖阿　第六章

coming to a threshold 閾限時刻　第一章

coniunctio 婚合　第二章

counseling 輔導　第一章

courtly love 宮廷愛情　第四章

D

Demeter 德米特　第五章

Derceto-Atargatis
　　德西朵–阿塔阿提絲　第三章

Didymus 狄迪莫　第三章

Dionysus 戴奧尼索斯　第三章

Docetism 幻影說　第三章

Dreamtime 人類遠古時期　第三章

E

ego 意識我　第一章

Einsiedeln 艾恩希登鎮　第三章

Eusebius 歐瑟伯　第三章

Ezekiel 以西結書　第三章

Eleusinian mysteries
　　以盧西斯之神祕啟蒙儀式　第七章

Eris 紛爭女神艾莉絲　第三章

Eros 愛欲　第二章

Evangelium de nativitate Mariae
　　瑪利亞誕生福音書　第三章

F

feminine principle 陰性本質　第二章

fleshly desire 肉體慾望　第五章

Freemasons 同濟會　第二章

Freya 弗雷雅　第四章

G

Galilee 加利利　第三章

Gnosticism 諾斯底教派　第三章

goddess of fertility 生殖力女神　第三章

Gregory of Nazianzus
　　拿先斯的貴格利　第三章

H

Habsburg Empire 哈布斯堡帝國　第二章

Hecate 女神海克緹　第四章

Helios 赫利厄斯　第六章

Hercules 赫丘里斯　第三章

Heraclius 席哈克略　第三章

hero child 英雄小孩　第二章

Hesperides 海絲佩拉蒂絲仙女們　第三章

Hopi 霍皮人　第五章

Horus 赫洛斯　第三章

I

Iduna 愛都娜　第三章

Immaculata 聖母無原罪　第三章

Inuit 因努特人　第三章

Isis 艾希絲　第三章

J

J. G. Frazer 弗雷澤　第二章

J. Needham 李約瑟　第二章

Jakob Boehme 雅各·布姆　第五章

Joachim 約雅敬　第三章

John of Damascus
　　大馬士革的聖約翰　第三章

Jupiter 朱比特　第五章

Justinian 查士丁尼　第三章

K

Konrad Lorenz 康拉德·勞倫茲　第七章

Klara Stroebe 克拉拉·史托伯　第七章

L

Lady of Bubastis
　　布巴絲帖城的守護女神　第四章

Liber de Mariae et Christi salvatoris
　　瑪利亞和救主基督　第三章

living in the flesh 活在肉體裡　第五章

local sagas 各地英雄傳奇　第一章

M

magical attachment 魔幻依附　第五章

Marcel Granet 葛蘭言　第二章

Mariology 聖母論　第五章

mediatrix 中保　第三章

Menelaus 米尼雷阿斯　第三章

Mercurius 莫丘里阿斯　第四章

Mithraic mysteries
　　米思拉絲女神神話　第三章

Mysterium Coniuncionis 神祕結合　第六章

N

numinosum 具有靈啟作用的事物　第七章

Narses 納西士　第三章

Nazareth 拿撒勒　第三章

negative mother 負面母親　第一章

negative motif 負面母題　第一章

Nicolaus Cusanus 尼可拉斯·庫斯　第五章

Nike 勝利女神奈琪　第三章

numinous experience 靈啟經驗　第一章

O

Origen 奧利振　第三章

Osiris 奧賽里斯　第三章

P

Paris 派利斯　第三章

Peter Damian 伯多祿・達米昂　第三章

psychosomatic realm
　　心靈中身心交會的所在　第四章

persea tree 油梨樹　第四章

personality 人格　第一章

Priam 普萊恩　第三章

Protevangelium Jacobi 雅各福音　第三章

Q

quaternity 四位一體　第五章

R

Riedern in Uri 瑞士烏里邦利登鎮　第三章

Rip van Winkle 李伯大夢　第六章

Ra 拉　第四章

Rainbow Man 彩虹人　第三章

rite de sortie 退場儀式　第一章

rite d'entrée 進場儀式　第一章

Robert de Boron 羅伯・德波宏　第六章

Ruhollah Khomeini 柯梅尼　第二章

S

schizoid 類分裂型人格　第四章

shadow 陰影　第三章

shamanize 幫神靈宣諭　第六章

Sacerdotium versus Imperium

政教相爭　第二章

Sarnen 薩能小鎮　第五章

schema 心理基模　第一章

scholastic teacher 經院派教士　第五章

Sed Festival 獸尾慶典　第二章

Sekmet 獅頭女神賽克美　第三章

sistrum 叉鈴　第四章

solutio 液體　第五章

Sonja Marjasch 松雅・馬雅許　第七章

T

Teutons 條頓民族　第四章

the Incarnation 道成肉身　第三章

The Spirit Mercurius 靈性水銀　第四章

Tertullian 特土良　第三章

the dominant of collective consciousness
　　集體意識之主宰　第二章

The Golden Bough 金枝　第二章

the Terrible Mothe 恐怖母親　第四章

Theotokos 神母　第三章

Typhon 蛇形巨人泰風　第四章

U

ubi ben ibi patria
　　何處有利，我就往何處去　第五章

unconscious 無意識　第一章

V

Vivienne Mackrell 薇薇安・麥克羅　前言

W

web of associations 聯想之網　第五章

Y

Yoni 瑜尼女像　第六章

PsychoAlchemy 19

公主變成貓：
從榮格觀點探索童話世界
The Cat: A Tale of Feminine Redemption
作者─瑪麗–路薏絲‧馮‧法蘭茲（Marie-Louise von Franz）
譯者─吳菲菲

出版者─心靈工坊文化事業股份有限公司
發行人─王浩威　總編輯─王桂花
執行編輯─許越智
封面設計─羅文岑　內頁排版─張瑜卿
通訊地址─10684 台北市大安區信義路四段 53 巷 8 號 2 樓
郵政劃撥─19546215　戶名─心靈工坊文化事業股份有限公司
電話─（02）2702-9186　傳真─（02）2702-9286
Email─service@psygarden.com.tw　網址─www.psygarden.com.tw

製版‧印刷─中茂分色製版印刷事業股份有限公司
總經銷─大和書報圖書股份有限公司
電話─（02）8990-2588　傳真─（02）2990-1658
通訊地址─248 新北市新莊區五工五路二號
初版一刷─2018 年 09 月　ISBN─978-986-357-129-2　定價─290 元

The Cat: A Tale of Feminine Redemption
By Marie-Louise von Franz
First published by Inner City Books, Toronto, 1999
Copyright © Stiftung für Jung'sche Psychologie, Küsnacht
Complex Chinese Edition Copyright© 2018 by PsyGarden Publishing Company
ALL RIGHT RESERVED

國家圖書館出版品預行編目資料

公主變成貓：從榮格觀點探索童話世界
瑪麗-路薏絲‧馮‧法蘭茲（Marie-Louise von Franz）著；吳菲菲譯.
---初版. ---臺北市：心靈工坊文化，2018.09
面；公分. ---（PsychoAlchemy；19）
譯自：The cat : a tale of feminine redemption
ISBN 978-986-357-129-2（平裝）
1.童話　2.文學評論　3.精神分析

815.92　　　　　　　　　　　　　　　　　107014632